Gefangene des Alls

Gefangene des Alls

und andere Science Fiction Stories

Jörg Weigand

kibu

CIP-Kurztitelaufnahme der Deutschen Bibliothek

Gefangene des Alls
und andere Science-Fiction-Stories
hrsg. von Jörg Weigand
Menden/Sauerland: Kibu, 1982.
ISBN 3-88101-665-1
NE: Weigand, Jörg [Hrsg.]

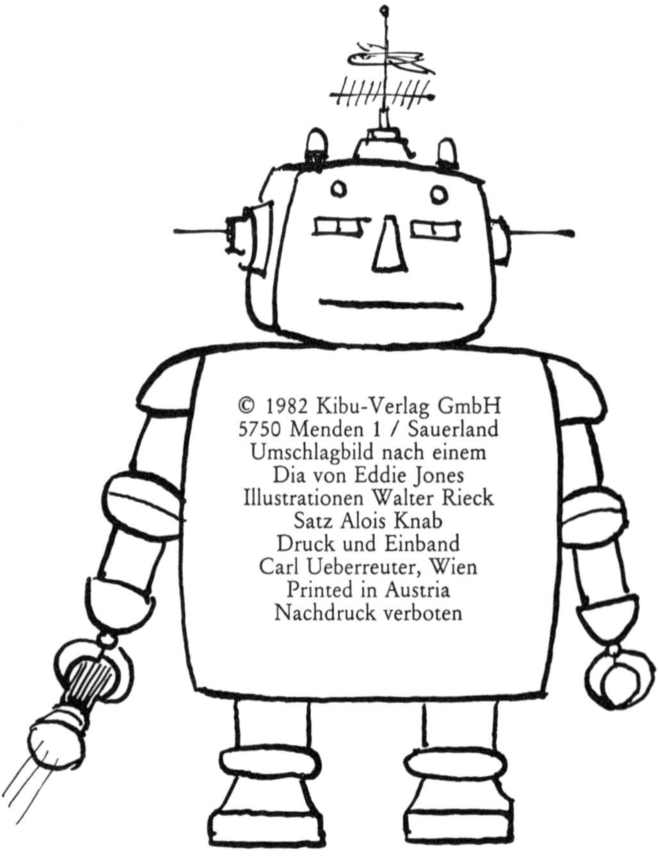

Umschlagbild nach einem
Dia von Eddie Jones
Illustrationen Walter Rieck
Satz Alois Knab
Druck und Einband
Carl Ueberreuter, Wien
Printed in Austria

Inhalt

ISAAC ASIMOV

Gefangene des Alls

„Wie lange wollen Sie noch herumrennen?" fragte Warren Moore von der Couch aus. „Das hilft uns nicht weiter. Wir haben noch Glück gehabt; wir verlieren keine Luft, oder?"

Mark Brandon drehte sich wütend nach ihm um. „Freut mich, daß Sie das glücklich macht", antwortete er. „Aber vielleicht wissen Sie nicht, daß unser Luftvorrat nur drei Tage reicht." Er ging wieder auf und ab.

Moore streckte sich gähnend aus. „Wer sich anstrengt, verbraucht mehr Sauerstoff. Warum nehmen Sie sich nicht ein Beispiel an Mike? Er regt sich nicht überflüssig auf."

Mike war Michael Shea, ehemals Besatzungsmitglied der „Silver Queen". Er saß auf dem einzigen Stuhl und hatte die Füße auf den Tisch gelegt. Als sein Name fiel, grinste er und sagte: „Mit solchen Zufällen muß man hier zwischen den Asteroiden immer rechnen. Wir hätten hopsen sollen; das ist der längere, aber auch sichere Weg. Aber der Captain wollte schneller vorankommen — und jetzt sitzen wir hier."

„Was heißt hopsen?" fragte Brandon.

„Oh, ich nehme an, daß Freund Mike damit einen Kurs außerhalb der Ekliptikebene des Asteroidengürtels meint", antwortete Moore.

Mike zögerte und stimmte dann vorsichtig zu: „Ja, das ist es ungefähr.“

Moore fuhr lächelnd fort: „Nun, wir dürfen Captain Crane nicht allzusehr tadeln. Es war nicht seine Schuld, daß die Abschirmung fünf Minuten vor dem Zusammenstoß ausfiel.“ Er schüttelte den Kopf. „Es ist überhaupt ein Wunder, daß dieser Teil der „Silver Queen“ unbeschädigt geblieben ist.“

„Sie haben eine komische Vorstellung vom Glück, Warren“, sagte Brandon. „Wir sitzen hier in drei unbeschädigten Räumen, in einem Zehntel des Raumschiffs, haben nur noch Luft für drei Tage und keine Aussicht auf Rettung — und Sie besitzen die Frechheit, von Glück zu sprechen!“

„Nun, wir haben immerhin mehr Glück als die anderen gehabt, die gleich umgekommen sind!“ antwortete Moore.

„Meinen Sie? Das wäre bestimmt besser gewesen, Oder finden Sie den Tod durch Ersticken so schön?“

„Vielleicht finden wir noch einen Ausweg“, erwiderte Moore hoffnungsvoll.

„Unmöglich!“ sagte Brandon heiser. „Wir sind erledigt. Fertig!“

Mike räusperte sich bedeutungsvoll. „Da wir schon gemeinsam in der Tinte sitzen, hat es keinen Zweck, das gute Zeug aufzuheben.“ Er holte eine kleine Flasche, die mit einer grünlichen Flüssigkeit gefüllt war, aus der Tasche. „Das ist erstklassiges Jabra. Wir teilen ehrlich, was?“

Brandon nickte eifrig. „Jabrawasser vom Mars! Warum rücken Sie erst jetzt damit heraus?"

Aber als er nach der Flasche griff, hielt Moore seinen Arm fest.

„Seien Sie kein Narr", warnte Moore. „Wir haben nicht genug, um drei Tage lang betrunken zu bleiben. Sollen wir uns jetzt besaufen und stocknüchtern sterben? Nein, wir heben uns das Zeug für die letzten Stunden auf — dann trinken wir es und merken nicht einmal, was mit uns geschieht."

Brandon ließ zögernd die Hand sinken. „Verdammt noch mal, Warren, wie bringen Sie es nur fertig, in dieser Lage Ihren klaren Kopf zu behalten?" Er gab Mike einen Wink, und die Flasche wurde wieder verstaut. Brandon ging an ein Bullauge und starrte hinaus.

Moore kam heran und legte dem Jüngeren einen Arm über die Schultern. „Warum nehmen Sie alles so schwer, Mann?" fragte er. „Das halten Sie nicht mehr lange aus.

Wenn Sie so weitermachen, schnappen Sie innerhalb der nächsten vierundzwanzig Stunden über."

Brandon antwortete nicht, sondern starrte nur die Kugel an, die vor dem Bullauge schwebte. Moore fuhr deshalb fort: „Es nützt auch nichts, wenn Sie dauernd Vesta anstarren."

Mike Shea war herangekommen. „Dort unten auf Vesta wären wir in Sicherheit. Dort leben Menschen. Wie weit sind wir von Vesta entfernt?"

„Offenbar nicht mehr als fünf- oder sechshundert Kilometer“, antwortete Moore. „Vesta hat schließlich nur dreihundert Kilometer Durchmesser.“

„Fünfhundert Kilometer vom rettenden Ufer entfernt“, murmelte Brandon, „aber es könnten eine Million Kilometer sein ...“ Er runzelte die Stirn. „Wenn wir nur diese Kreisbahn verlassen könnten! Wir brauchten nur einen kräftigen Stoß, der den Fall einleitet, und würden nicht einmal hart aufprallen, weil dieser Zwerg keine richtige Schwerkraft besitzt.“

„Aber er hat genügend Schwerkraft, um unser Wrack anzuziehen“, stellte Moore fest. „Er muß uns eingefangen haben, während wir bewußtlos waren.“

„Komischer Planetoid, diese Vesta“, warf Mike Shea ein. „Ich bin schon zweimal dort gewesen. Überall liegt weißes Zeug herum, das wie Schnee aussieht und trotzdem keiner ist.“

„Gefrorenes Kohlenstoffdioxyd?“ fragte Moore.

„Ja, Trockeneis, dieses Kohlenzeug, das meine ich. Angeblich leuchtet Vesta deshalb so hell.“

„Natürlich! Das erhöht das Albedo.“

Mike warf Moore einen mißtrauischen Blick zu und wechselte das Thema. „Dort unten ist kaum etwas zu erkennen, aber wenn man genau hinsieht, fällt einem ein grauer Fleck am linken Rand auf. Das ist Bennetts Kuppel, glaube ich. Dort ist die Sternwarte untergebracht. Und dort drüben liegt Calorns Kuppel mit dem Treibstofflager. Es gibt noch viele andere, die von hier aus nicht zu sehen sind."

Er zögerte und wandte sich an Moore. „Hören Sie, Boß, ich habe mir etwas überlegt. Suchen sie nicht nach uns, sobald der Unfall bekannt wird? Und müßten sie uns nicht leicht finden, wenn wir schon in der Nähe von Vesta sind?"

Moore schüttelte den Kopf. „Nein, Mike, sie suchen nicht nach uns. Daß die ‚Silver Queen' verunglückt ist, stellt sich erst heraus, wenn sie nicht pünktlich eintrifft. Wir haben kein SOS mehr funken können, und die Leute auf Vesta könnten uns nur ausmachen, wenn sie genau wüßten, wonach sie zu suchen hätten."

„Hmm." Mike runzelte die Stirn. „Dann müssen wir also Vesta innerhalb der nächsten drei Tage erreichen."

„Richtig, Mike", stimmte Moore lächelnd zu. „Aber wie sollen wir das anstellen?"

„Schwatzen Sie nicht so lange!" fauchte Brandon plötzlich. „Tun Sie lieber etwas!"

Moore kehrte schweigend zu seiner Couch zurück, streckte sich aus und dachte nach. Ihre Lage war nicht gerade rosig; daran konnte kein Zweifel bestehen. Er überlegte zum zwanzigstenmal, wie alles gekommen war.

Nachdem der Asteroid das Schiff getroffen und zertrümmert hatte, war er ohnmächtig geworden; wie lange er bewußtlos gewesen war, konnte er nicht sagen, weil seine Uhr stehengeblieben war. Als er wieder zu sich kam, sah er Mark Brandon, der in der gleichen Kabine schlief, und Mike Shea vor sich stehen. Sie waren die einzigen Überlebenden im Wrack der „Silver Queen".

Dieses Wrack kreiste nun um Vesta. Vorläufig war es an Bord noch auszuhalten. Sie hatten für eine Woche zu essen, und der Gravitator im Kabinenfußboden erzeugte eine künstliche Schwerkraft. Die Beleuchtung war weniger zufriedenstellend, aber bisher ausreichend.

Das eigentliche Problem lag klar auf der Hand — sie hatten nur für drei Tage Luft! Allerdings gab es auch andere Schwierigkeiten. Zum Beispiel funktionierte die Heizung nicht mehr, so daß das Wrack allmählich auskühlte. Viel schlimmer war jedoch, daß sie weder Hilfe herbeirufen noch ihr Wrack antreiben konnten. Moore seufzte schwer. Ein funktionierendes Steuertriebwerk würde bereits die Rettung bedeuten, denn es könnte sie sicher auf Vesta landen lassen.

Auf seiner Stirn erschien eine Falte. Was sollten sie tun? Sie hatten nur einen Raumanzug für drei Männer, einen Hitzestrahler und einen Detonator. Mehr hatten sie in den drei Räumen nicht gefunden. Hoffnungslos ...

Moore zuckte mit den Schultern, stand auf und ließ sich ein Glas Wasser einlaufen. Er trank automatisch. Dann hatte er plötzlich eine Idee.

„Hören Sie, Mike", sagte er, „wieviel Wasser haben wir eigentlich?"

Mike starrte ihn verblüfft an. „Wissen Sie das nicht, Boß?“

„Was?“ fragte Mooore ungeduldig.

„Wir haben alles Wasser“, erklärte Mike ihm. „Haben Sie das nicht gewußt?“ Er deutete auf eine Wand. „Dahinter liegt der Tank mit dem gesamten Wasservorrat der ‚Silver Queen‘.“

„Soll das heißen, daß wir einen vollen Wassertank neben uns haben?“

Mike nickte heftig. „Klar! Dreißig Meter in jeder Richtung. Und der Tank ist dreiviertelvoll.“

Moore war erstaunt. „Zwölftausend Kubikmeter Wasser!“ Dann fragte er rasch: „Warum ist es nicht durch die abgerissenen Rohre abgelaufen?“

„Aus dem Tank führt nur eine Leitung durchs ganze Schiff“, erklärte Mike ihm. „Ich sollte diese Hauptleitung draußen im Korridor reparieren und mußte sie deshalb absperren. Dann hat uns der Asteroid getroffen, aber die Leitung blieb abgesperrt. Ich habe unseren Wasserhahn wieder angeschlossen, aber alle anderen Schieber sind zu.“

„Hmmm.“ Moore versuchte zu erkennen, welche Idee sich in seinem Unterbewußtsein bildete, wenn er darüber nachdachte, was sich mit dem Wasser anfangen ließ.

Brandon hatte ohne großes Interesse zugehört. „Wunderbar!“ meinte er jetzt ironisch. „Wir haben Luft für drei Tage, Lebensmittel für eine Woche und

Wasser für ein Jahr. Für ein ganzes Jahr! Wasser ... Der Teufel soll das Wasser holen!"

„Sie nehmen alles viel zu ernst", sagte Moore und versuchte aufmunternd zu lächeln. „Uns geht es gar nicht so schlecht. Die Luft reicht noch drei Tage, wir

können doppelte Rationen essen und haben Wasser im Überfluß. Wir können es ..."

Die Idee, nach der er vorhin gesucht hatte, erschien plötzlich klar vor seinen Augen. Er sprach nicht weiter, hob ruckartig den Kopf und starrte mit zusammengekniffenen Augen nach draußen.

„He, was ist mit Ihnen los?" wollte Brandon wissen, als Moore sich an die Stirn schlug und begeistert nickte. Mike Shea beobachtete ihn sprachlos.

Moore rieb sich die Hände. „Ha! Ich hab's endlich! Warum ist mir das nicht gleich eingefallen?" Er murmelte irgend etwas vor sich hin.

Mike hielt ihm die Jabraflasche vors Gesicht, aber Moore lehnte ungeduldig ab. Daraufhin holte Brandon mit der Rechten aus, versetzte Moore einen Kinnhaken und schlug ihn zu Boden.

Moore rieb sich ächzend das Kinn. „Was soll das?" fragte er empört.

„Halten Sie den Mund, sonst bekommen Sie noch einen!" brüllte Brandon. „Das halte ich nicht mehr aus! Immer dieses Geschwätz! Sie schnappen allmählich über!"

„Unsinn! Ich bin nur etwas erregt. Hören Sie zu, um Gottes willen. Ich weiß, was wir mit dem Wasser anfangen .."

Brandon unterbrach ihn. „Ja, ich weiß auch etwas", sagte er. „Am besten ertränken wir Sie darin, dann sparen wir wenigstens etwas Luft und müssen keine unsinnigen Pläne anhören."

Moore verlor die Geduld. „Ich brauche Sie nicht dazu, Mark, und ich will Ihre Hilfe auch gar nicht. Warum machen Sie nicht gleich Schluß, wenn Sie solche Angst vor dem Tod haben? Wir besitzen einen Detonator und einen Hitzestrahler — beides zuverlässige Waffen. Suchen Sie sich aus, was Ihnen paßt, und begehen Sie damit Selbstmord. Shea und ich hindern Sie nicht daran."

Brandon kapitulierte plötzlich. „Schon gut, Warren, ich helfe mit. Ich — ich wollte das alles nicht. Mir geht es nicht gut, Warren. Ich . . ."

„Lassen wir das", wehrte Moore verlegen ab. „Ich weiß, wie Ihnen zumute ist. Mir geht es ähnlich, aber ich lasse mich nicht unterkriegen. Versuchen Sie jetzt zu schlafen und überlassen Sie das andere mir."

Brandon stolperte zur Couch und ließ sich darauf nieder. Er schluchzte noch einige Zeit leise vor sich hin, während Moore und Shea verlegen nach draußen sahen.

Dann stieß Moore Mike an. „Los, an die Arbeit", flüsterte er. „Die Luftschleuse befindet sich am Ende des Korridors, stimmt's?" Als Shea nickte, fuhr Moore fort: „Ist sie luftdicht?"

„Nun", antwortete Shea langsam, „die innere Tür ist es jedenfalls, aber ich weiß nicht, wie die äußere aussieht. Die äußere Tür kann das reinste Sieb sein — und dann — peng!" Seine Handbewegung sagte mehr als viele Worte.

„Okay, dann müssen wir gleich feststellen, ob die

zweite Tür noch funktioniert. Ich muß unbedingt hinaus. Wo ist der Raumanzug?"

Moore nahm den Anzug aus dem Schrank und ging damit in den langen Korridor hinaus. Er kam an Türen vorbei, die früher zu anderen Kabinen geführt hatten; jetzt waren sie luftdichte Absperrungen, hinter denen der Tod lauerte. Am Ende des Korridors lag die Luftschleuse.

Moore betrachtete sie nachdenklich. „Sieht gut aus", sagte er, „aber das beweist noch nichts. Na, hoffentlich funktioniert sie noch." Er runzelte die Stirn. „Wir könnten natürlich den ganzen Korridor als Luftschleuse benützen, aber dann verlieren wir unseren halben Luftvorrat. Das können wir uns nicht leisten — noch nicht."

Er wandte sich an Shea. „Schön, wir fangen an. Der Anzeige nach ist die Schleuse zuletzt als Eingang benützt worden und müßte deshalb mit Luft gefüllt sein. Öffnen Sie die Tür einen winzigen Spalt breit und schließen Sie sie sofort wieder, falls es zischt."

„Wird gemacht, Boß." Shea bewegte den Hebel. Der Mechanismus war beim Zusammenstoß durchgeschüttelt worden und funktionierte nicht mehr so lautlos wie früher. Aber er funktionierte noch, und die Tür glitt einen Millimeter weit zurück.

Moore atmete erleichtert auf, als er kein Zischen hörte. Er hielt ein Stück Papier an den Spalt. Es hätte dort bleiben müssen, wenn die entweichende Luft es gegen die Tür gedrückt hätte. Aber das Papier fiel zu Boden.

Mike Shea nickte. „Ich merke nichts", stellte er fest und hielt einen Finger an den Spalt.

„Ausgezeichnet! Weiter!"

Die Tür glitt langsam zurück, und die beiden Männer hielten den Atem an. Vielleicht war die äußere Tür so geschwächt, daß sie jeden Augenblick nachgeben konnte. Aber sie hielt! Moore grinste zufrieden, während er den Raumanzug anlegte.

„Bisher ist alles in bester Ordnung, Mike", sagte er. „Sie können hier auf mich warten. Ich weiß nicht, wie lange es dauert, aber ich komme wieder zurück. Wo ist der Hitzestrahler?"

Shea gab ihm das Gerät und fragte dabei: „Was haben Sie vor?"

Moore wollte sich eben den Helm aufsetzen. Er machte eine kurze Pause. „Wissen Sie, daß wir genug Wasser haben, um es zu verschleudern? Nun, ich habe darüber nachgedacht und finde die Idee nicht schlecht. Ich werde es verschleudern." Er setzte den Helm auf und trat in die Schleuse.

Moore wartete mit klopfendem Herzen darauf, daß die äußere Tür sich öffnen würde. Sein Plan war äußerst simpel, aber vielleicht nicht einfach auszuführen.

Er hörte den Mechanismus der Tür quietschen und rattern. Die Luft entwich zischend aus der Schleusenkammer. Dann öffnete sich die Tür eine Handbreit und blieb stecken. Moores Herz sank, aber die Tür bewegte sich nach wenigen Sekunden weiter. Dann stand sie endlich offen.

Moore drückte den Haftmagneten an den Türrahmen und trat vorsichtig ins Leere hinaus. Er war noch nie über den Rumpf eines Raumschiffs geklettert, das durchs All flog, und er fühlte sich hier oben nicht gerade sicher. Zuerst wurde ihm etwas schwindlig, aber er schloß die Augen und kämpfte erfolgreich dagegen an.

Er sah sich langsam um. Der winzige blau-weiße Lichtpunkt, der die Erde darstellte, war nicht zu sehen. Erde und Sonne lagen offenbar hinter Vesta, aber Moore sah Jupiter mit zwei Satelliten und erkannte auch Saturn. Er hatte erwartet, daß einige Asteroiden deutlich sichtbar sein müßten, aber zu seiner Überraschung war der Weltraum ziemlich leer.

Nur Vesta war natürlich gut zu sehen und hing wie ein riesiger Ballon direkt unter ihm. Moore starrte den Planetoiden sehnsüchtig an und überlegte sich, daß ein kräftiger Tritt genügen mußte, um ihn dorthin zu bringen. Vielleicht landete er sicher und konnte für die anderen Hilfe holen. Aber wahrscheinlich würde er nur als weiterer Satellit um Vesta kreisen. Nein, das genügte nicht.

Moore erinnerte sich daran, daß er keine Zeit zu verlieren hatte. Er sah den Schiffsrumpf entlang, suchte nach dem Wassertank und hatte nur scharfkantige Wrackteile vor sich. Er zögerte. Offenbar war es am besten, wenn er das helle Bullauge ihrer Kabine suchte und von dort aus in Richtung Wassertank weiterkletterte.

Er arbeitete sich langsam weiter vor. Kaum fünf Meter von der Luftschleuse entfernt gähnte ein riesiges Loch in der Schiffswand. Moore erkannte die Überreste einer Passagierkabine. Er fuhr zusammen, als er sich vorstellte, daß er in einer der Kabinen eine aufgetriebene Leiche finden könnte. Er hatte die meisten Passagiere gut gekannt. Aber er überwand sich und kletterte vorsichtig weiter.

Dann war die erste Schwierigkeit zu bewältigen. Der Raum selbst bestand in vielen Teilen aus Nichteisenmetallen, und der Haftmagnet war hier deshalb wirkungslos. Moore wurde erst daran erinnert, als er plötzlich abrutschte, zu gleiten begann und sich nur mit Mühe an einem Vorsprung festhalten konnte. Er hielt sich krampfhaft fest. Theoretisch war er hier im Weltraum schwerelos — Vestas Anziehungskraft zählte nicht —, aber der Gravitator unter dieser Kabine arbeitete noch. Wenn Moore seine Position veränderte, war er stets in Gefahr, ins All hinausgeschleudert zu werden, falls sein Haftmagnet plötzlich nicht mehr im Eisen festsaß.

Offenbar hatte er sich doch auf ein schwieriges Unternehmen eingelassen.

Er kletterte Zentimeter für Zentimeter weiter und probierte vorsichtig, wo der Haftmagnet guten Halt fand. Manchmal mußte er weite Umwege machen, um einen halben Meter voranzukommen; mehrmals mußte er den Magneten lösen und auf gut Glück über gefährliche Stellen weiterkriechen. Und dabei mußte er stets gegen die Anziehungskraft des Gravitators ankämpfen, die aus verschiedenen Richtungen angriff, je nachdem, wohin er gerade kletterte.

Moore untersuchte sorgfältig alle Gegenstände, auf die er stieß, aber die Suche blieb vergeblich. Lose Gegenstände, Stühle und Tische waren bereits beim ersten Aufprall fortgeschleudert worden und kreisten nun als unabhängige Himmelskörper innerhalb des Sonnensystems. Moore fand jedoch ein Fernglas und einen Füllfederhalter; er steckte beides ein, obwohl er im Augenblick nichts damit anfangen konnte.

Fünfzehn Minuten, zwanzig Minuten, eine halbe Stunde lang kletterte er über das Wrack, in die Richtung, in der er das Bullauge vermutete. Schweiß lief ihm in die Augen und verklebte sein Haar. Sämtliche Muskeln schmerzten vor Anstrengung. Sein Verstand, den die Ereignisse des letzten Tages übermäßig beansprucht hatten, arbeitete plötzlich nicht mehr zuverlässig.

Moore hatte den Eindruck, er sei bereits ewig unterwegs, habe nie etwas anderes getan und werde nie etwas anderes tun. Er wußte nicht mehr, was er hier draußen suchte; er wußte nur noch, daß er sich bewegen und weiterkriechen mußte. Dieser Gedanke beherrschte ihn völlig, und er kletterte mechanisch weiter — bis er das Licht sah.

Moore hielt an. Hätte der Haftmagnet ihn nicht gehalten, wäre er gefallen. Dieses Licht durchdrang die Dunkelheit, die ihn von allen Seiten umgab. Er hatte das Bullauge erreicht; das eine Bullauge, das nicht dunkel, sondern beleuchtet und lebendig war. Dahinter lag Brandon auf der Couch. Moore holte tief Luft, fühlte sich sofort besser und konnte wieder klar denken.

Nun lag sein Weg deutlich vor ihm. Er näherte sich diesem einzigen Lichtpunkt noch weiter, bis er ihn berühren konnte. Endlich!

Er hatte den vertrauten Raum vor sich. Das allein half ihm nicht weiter, aber er wußte wenigstens wieder, wo er sich befand. Brandon schlief auf der Couch und lächelte im Schlaf. Moore wollte an die Scheibe klopfen, aber dann ließ er die Hand sinken. Vielleicht träumte Brandon von zu Hause. Er war jung und empfindsam und hatte viel durchgemacht. Moore konnte ihn später aufwecken, falls seine Idee sich verwirklichen ließ.

Er arbeitete sich weiter vor und erreichte die Wand, hinter der der Wassertank lag. Diese Wand lag völlig ungeschützt vor ihm, und Moore wunderte sich, daß sie nicht durchlöchert worden war. Vielleicht meinte das Schicksal es doch gut mit ihnen.

Der Tank war leicht zu erreichen, obwohl er auf der entgegengesetzten Seite des Wracks lag. Die Überreste eines Korridors führten zu ihm hinauf. Früher war dieser Korridor horizontal gewesen, aber jetzt bewirkte die unausgeglichene Anziehungskraft des Gravitators, daß der Fußboden eine schräge Ebene bildete. Trotzdem war der Aufstieg nicht weiter schwierig, denn der Boden bestand aus Berylstahl, so daß Moore überall guten Halt fand.

Nun kam der entscheidende Teil seines Experiments; die Krise erreichte ihren Höhepunkt. Moore spürte, daß er sich hätte ausruhen müssen, aber seine Erregung trieb ihn voran. Jetzt oder nie! dachte er und arbeitete sich zur Mitte des Tankbodens vor. Dort fand er auf der Kante Platz, die früher der Fußboden eines Korridors gewesen war, und begann seine Arbeit.

„Nur schade, daß die Hauptleitung in die falsche Richtung führt", murmelte er vor sich hin. „Das hätte viel Arbeit gespart. Aber daran läßt sich eben nichts ändern ..." Er seufzte und machte sich wieder an die Arbeit. Der Hitzestrahler war auf Höchstleistung eingestellt, und die unsichtbaren Strahlen konzentrierten sich auf einen Punkt, der etwa dreißig Zentimeter über dem Boden des Tanks lag.

Allmählich zeigte sich die Wirkung dieses Strahls auf die Moleküle der Trennwand. Ein geldstückgroßer Fleck begann im Brennpunkt des Hitzestrahlers zu glühen. Seine Helligkeit schwankte unsicher, während Moore seinen müden Arm ruhig zu halten versuchte. Er stützte ihn schließlich auf und hatte damit mehr Erfolg.

Der glühende Fleck veränderte allmählich seine Farbe. Zunächst war er nur dunkelrot gewesen, aber nun zeigte er sich bereits kirschrot. Je länger der Hitzestrahler arbeitete, desto größer wurde die glühende Fläche, und Moore mußte sich vorsehen, um die Wand nicht mit seinem Anzug zu berühren.

Moore fluchte erbittert vor sich hin, als auch sein Sitzplatz immer heißer wurde. Das glühende Metall strahlte genügend Hitze ab, um ihn in seinem Anzug zum Schwitzen zu bringen. Moores Zorn richtete sich vor allem gegen die Hersteller von Raumanzügen. Warum konnten sie nicht Anzüge bauen, die nicht nur Wärme speicherten, sondern auch dagegen isoliert waren?

Aber dann gewann sein angeborener Optimismus wieder die Oberhand, und er tröstete sich selbst: „Es könnte noch schlimmer sein, schätze ich. Hier ist die Wand immerhin nur fünf Zentimeter stark. Der Tank hätte ebensogut an der Außenwand liegen können. Puh! Fünfundzwanzig Zentimeter Stahl zu durchschmelzen!" Er biß die Zähne zusammen und arbeitete weiter.

Der glühende Fleck verfärbte sich jetzt orangerot, und Moore wußte, daß der Schmelzpunkt des Berylstahls bald erreicht sein würde. Er mußte die Augen vor dieser Helligkeit schließen und konnte die Stelle nur jeweils für kurze Zeit beobachten.

Offenbar mußte er sich beeilen, wenn er seinen Plan überhaupt noch verwirklichen wollte. Der Hitzestrahler war nicht voll geladen gewesen und würde bald aussetzen, da er nun schon zehn Minuten lang mit

Höchstleistung arbeitete. Aber die Wand wurde jetzt erst weich. Moore wollte nicht länger warten und schob die Mündung des Strahlers vor, bis sie das glühende Metall berührte.

Als er den Strahler rasch zurückzog, blieb eine Vertiefung in der Wand zurück. Moore war zufrieden, obwohl er kein Loch hineingestoßen hatte. Wäre er hier nicht im Vakuum gewesen, hätte er das Wasser hinter der Wand sieden und kochen hören können. Der Druck wuchs stetig. Wie lange würde die Wand an dieser Stelle noch halten?

Dann war er plötzlich durch. Ein winziger Riß bildete sich am Boden des von Moore erzeugten Kraters, und das kochende Wasser bahnte sich selbst einen Weg nach draußen.

Das flüssige Metall wurde an dieser Stelle verdrängt und erstarrte sofort wieder. Aus der winzigen Öffnung schoß eine Dampfwolke, die Moore zunächst die Sicht nahm.

Dann sah er, daß der Dampf fast augenblicklich zu Eistropfen erstarrte, die unter ihm im Nichts versanken.

Er beobachtete den Dampfstrahl noch eine Viertelstunde lang.

Dann spürte er, daß ihn etwas leicht von der Wand fortschieben wollte. Er nickte zufrieden vor sich hin, als ihm klarwurde, daß dies die Wirkung der Beschleunigung des Wracks war. Die träge Masse seines Körpers blieb hinter den Überresten der „Silver Queen" zurück.

Das bedeutete, daß er seinen Plan erfolgreich verwirklicht hatte. Der Wasserstrahl wirkte wie der Gasstrahl eines Raketentriebwerkes.

Er machte sich auf den Rückweg.

Der Weg zurück war noch schlimmer, denn Moore war jetzt müde, konnte kaum die Augen offenhalten und mußte nicht nur gegen die Anziehungskraft des Gravitators, sondern auch gegen die wechselnde Beschleunigung ankämpfen. Aber er kletterte verbissen weiter, ohne auf diese Schwierigkeiten zu achten; später konnte er sich nicht einmal mehr daran erinnern. Er war nur von einem Gedanken beseelt, der ihm Kraft zum Durchhalten gab: er mußte zurück und den beiden anderen sagen, daß sie gerettet waren.

Plötzlich hatte er die Luftschleuse vor sich. Er nahm nur mühsam wahr, daß er tatsächlich die Schleuse vor sich hatte. Er wußte nicht einmal, weshalb er auf den Signalknopf drückte. Irgendein Instinkt sagte ihm, daß er diesen roten Knopf drücken mußte.

Mike Shea erwartete ihn. Die äußere Tür öffnete sich langsam, blieb an der gleichen Stelle wie zuvor stecken und glitt schließlich doch weiter. Sie schloß sich hinter Moore; dann ging die innere Tür auf, und er taumelte Shea entgegen.

Moore erlebte wie in einem Traum, daß er durch den Korridor in die Kabine geschleppt wurde. Dann zog ihm jemand den Anzug aus und setzte ihm eine Flasche an die Lippen. Die Flüssigkeit brannte ihm in der Kehle, aber sie weckte seine Lebensgeister. Moore schüttelte sich, schluckte mehrmals und fühlte sich wieder besser. Shea steckte die Jabraflasche ein, als Moore sich unsicher aufrichtete.

„Warten Sie!“ protestierte Brandon. „Sie dürfen noch nicht sprechen. Sie sind völlig erschöpft. Ruhen Sie sich erst aus!“

Aber Moore schüttelte den Kopf. Er berichtete mit heiserer Stimme, was in den vergangenen zwei Stunden geschehen war. Seine Zuhörer wagten kaum zu atmen, während er erzählte.

„Soll das heißen, daß der Wasserstrahl uns in Richtung Vesta schiebt?“ fragte Brandon ungläubig. „Wie eine Rakete?“

„Genau wie eine Rakete“, antwortete Moore. „Sie wissen doch — Wirkung und Gegenwirkung. Die Öffnung liegt von Vesta abgewandt, deshalb werden wir dorthin geschoben.“

Shea war aufgeregt ans Bullauge gelaufen. „Er hat recht, Brandon! Jetzt ist Bennetts Kuppel schon deutlicher zu sehen. Wir schaffen es, wir schaffen es!“

Moore lächelte zufrieden. „Wir nähern uns Vesta in einer immer enger werdenden Spirale und landen in fünf oder sechs Stunden. Das Wasser reicht noch einige Zeit, und der Druck ist weiterhin ziemlich hoch, denn es tritt als Dampf aus.“

„Dampf — bei dieser niedrigen Temperatur?“ Brandon war überrascht.

„Dampf — bei diesem niedrigen Druck!“ verbesserte Moore ihn. „Bei abnehmendem Druck siedet Wasser bei niedrigen Temperaturen, und hier im Vakuum verdunstet sogar Eis.“ Er machte eine kurze Pause, bevor er fragte: „Na, wie fühlen Sie sich jetzt, Brandon? Etwas besser?“

Brandon wurde rot und suchte nach Worten. „Tut mir leid, daß ich mich zuerst wie ein Dummkopf und Feigling benommen habe“, sagte er leise. „Ich muß mich bei Ihnen entschuldigen, weil ich . . .“

„Schon gut, schon gut!“ unterbrach Moore ihn. „Reden wir nicht mehr davon! Ich war selbst nicht weit von einem Nervenzusammenbruch entfernt.“ Er hob den Kopf. „He, Mike, gaffen Sie nicht mehr aus dem Bullauge, sondern bringen Sie lieber Ihre Jabraflasche her!“

Mike kam sofort und brachte drei Plastikbecher mit, die er in einem Wandschrank entdeckt hatte. Moore füllte sie bis zum Rand. Er wollte ihre Rettung feiern.

„Meine Herren“, sagte er ernsthaft, „ein Toast.“ Sie hoben ihre Becher. „Meine Herren, trinken wir auf das gute alte H_2O, das wir hatten.“

HERBERT W. FRANKE

Calciumfresser

Ich hätte es eigentlich früher merken sollen. Denn ich war, soweit ich zurückdenken kann, stets vom Willen erfüllt, anderen zu helfen. Aber ich kam erst vorige Woche darauf. Und die Kollegen ahnen bis heute noch nichts ...

Auch ich selbst erkannte es erst in einer außergewöhnlichen Situation. Wir befanden uns damals auf der Rückfahrt von Psi 16 und hatten gut zwei Drittel der Reise anstandslos zurückgelegt. Niemand dachte an irgend etwas Schlimmes. Und was gehörte zum Schlimmsten, das einem Raumfahrer passieren kann? Zweifellos ein Versagen der Lufterneuerungsanlage. Und gerade uns mußte es treffen!

Es gab auch keine Möglichkeit zur Reparatur. Der Katalysator aus pulverisiertem Calcium verschwand. Ja, er wurde von Stunde zu Stunde weniger, vor unseren Augen, ohne daß jemand angeben konnte, wo er hingekommen wäre. Ohne Calcium ist aber die Reduktion des Kohlendioxyds nicht möglich. Und wir hatten im Schiff keinen Ersatz — wer rechnet auch mit einem solchen absurden Vorfall!

Unser Sauerstoff reichte bestenfalls noch drei Tage.

Willy rührte sich nicht vom Thermopeiler weg, aber es bestand so gut wie keine Aussicht, ein System mit

Planeten zu finden und schon gar nicht eines mit atembarer Luft.

Alle wußten es, der Captain verschwieg nichts — dazu vertrauten wir ihm zu sehr und er uns. Und ich muß sagen, alle hielten sich vorbildlich, schweigend ging jeder an seinen Arbeitsplatz zurück.

Und dann scholl Willys Geschrei durchs Schiff. Wer Zeit hatte, lief zu ihm in den Navigationsraum.

„Da ist etwas vor uns!“ rief er. „Schon ganz nahe!“

Richtig, auf dem Bildschirm bewegte sich ein blasses Scheibchen zwischen den unbeweglichen Sternen. Alle atmeten auf, aber der Captain dämpfte unsere Hoffnung.

„Was kann uns dieses Himmelskörperchen schon helfen?“ fragte er. „Ich schätze es auf nicht größer als einen Kubikkilometer. Sicher ein öder Felsbrocken.“

Rasch näherten wir uns, die Oberfläche war schon zu erkennen. Jack meinte: „Das ist ein komisches Ding! Wo sind die üblichen Zacken?“

Er hatte recht. Solche Irrläufer sind meistens wild zerklüftet, dieser war es nicht. Er hatte aber auch weder Kugel- noch Ellipsoidform — die tritt auf, wenn diese Metallklötze irgend einmal geschmolzen sind.

„Da ist eine Markierung!“ schrie jetzt der dicke Smoky. Sein fetter Bauch wabbelte aufgeregt.

Es war nicht zu verkennen. Drei weiße Pfeile zeigten auf eine zentrale Stelle. Willy lenkte dorthin. Alle schauten angestrengt.

„Kinder", schrie der Captain, „das ist ein Raumschiff! Ein riesiges, tolles Monstrum von einem Raumschiff!"

Jetzt sahen wir auch die Luken und das Geländer einer Einstiegrampe. Was soll ich berichten? Wir landeten, halfen Willy in seinen Raumanzug, und er stieg aus. Wir sahen ihn an der Luke hantieren, es dauerte gar nicht lange, und sie öffnete sich, er verschwand im Inneren. Unsere Geduld wurde kaum beansprucht, denn er erschien bald wieder und rief uns nur ein Wort durch die Sendeanlage zu: „Luft!"

Wir stiegen über und staunten. Das übertraf alle unsere Erwartungen. Nicht nur, daß die Luft atembar war — wir befanden uns in einem Luxus, den man sich nicht einmal erträumen kann. Das Ganze war in unzählige Räume geteilt, größere und kleinere, aber jeder eingerichtet wie eine Hollywood-Villa — mit modernen Liegesesseln, farbigen Matten, Einbauschränken. Nur die Fische in den Aquarien waren tot und die Blattpflanzen auf eigentümliche Weise in sich zusammengesunken, gelb und verwelkt. Sonst war alles in bestem Zustand, geordnet und sauber, aber — wir fanden keinen Insassen!

Ich bemerkte, daß der Captain nicht so froh war, wie er es nach diesem unglaublichen Glücksfall eigentlich hätte sein sollen.

„Wir bleiben zusammen", befahl er. „Zunächst quartieren wir uns in einigen Räumen in der Nähe des Eingangs ein. Keiner entfernt sich ohne Erlaubnis von den andern.“ Wir schleppten einen Teil unserer Lebensmittel heran und machten es uns gemütlich. Am nächsten Tag begann der Captain mit Streifzügen, er nahm stets zwei Mann mit. Abwechselnd, so daß jeder drankam.

Zunächst passierte wenig. Wir fanden immer neue Räume, die sich durch nichts von den anderen unterschieden. Bis auf die abgestorbenen Lebewesen war alles in Ordnung. Nur einige Dinge fielen uns auf, erschienen uns aber nicht wesentlich: Da waren einige Gefäße zu Staub zerfallen — die pulvrigen Überreste lagen noch so da, daß man ihre früheren Formen erkennen konnte. Bei einigen Spiegeln hatte sich das überdeckende Glas zu einer undurchsichtigen, spröden Masse gewandelt. Fast in allen Bildern hatten sich einige Farben zersetzt. Ein groteskes Mosaik von Eindrücken.

Schon am zweiten Tag fand der Captain die Navigationsräume. Das System war leicht durchschaubar. Die Erbauer des Schiffs müssen menschenähnlich gewesen sein, wenn auch wahrscheinlich ein wenig weiter als wir. Conny stellte fest, daß noch genügend Treibstoff da war, und Willy konnte einen Kurs ausrechnen und einstellen.

Bei meinem ersten Patrouillengang streifte ich mit Smoky und dem Captain in den entlegensten Regionen umher, in den Räumen, die unserem Eingang gegenüberlagen. Als wir gerade eine Art Veranda mit ganzen Reihen vertrockneter Kakteen betraten, blieb der

Captain plötzlich stehen. Er bedeutete uns mit der Hand, aufzupassen . . .

„Habt ihr es auch bemerkt?“ fragte er dann. „Dieses eigentümliche Ziehen?“ fragte Smoky zurück.

„Genau das“, gab der Captain zurück. Beide sahen mich jetzt Antwort heischend an.

„Ich habe nichts gespürt“, mußte ich gestehen.

„Es ging mir durch den ganzen Körper“, erklärte der Captain, „als wenn darin ein Unterdruck entstanden wäre — etwas Wühlendes, Saugendes. Es war allerdings nicht schlimm, nicht einmal unangenehm.“

Es muß aber doch schlimmer gewesen sein, als die beiden zugeben wollten — der Captain ordnete den Rückzug an.

Nicht weit von unseren Räumen passierte dann ein Mißgeschick: Smoky brach sich ein Bein. Ein glatter Bruch der Knöchelgabel. Wir mußten eine Tragbahre improvisieren und ihn das letzte Stück schleppen.

Er wußte selbst nicht, wie es gekommen war. Er meinte, daß er wohl gestolpert sein müsse. Er war aber nicht gestolpert. Ich war hinter ihm gegangen und hatte gesehen, daß das Bein unter dem Gewicht seines Körpers einfach nachgegeben hatte, eingeknickt war. Nun ist Smoky mit seinen 180 Pfund zwar kein leichter Knabe, aber das ist doch nicht in Ordnung, daß die Knochen einfach zusammenbrechen!

Bei diesem Pech blieb es aber nicht. Einige fingen nämlich über Mattigkeit, Appetitlosigkeit und Muskelschmerzen zu klagen an. Der Doc schüttelte den Kopf.

Er konnte sich die Symptome nicht erklären. Die Stimmung wurde gereizt, einer fuhr den anderen an — aber gerade Jack, der durch nichts aus seiner Ruhe zu bringen ist, brachte sie auf den Nullpunkt. Der Captain pfiff den Koch an, weil ihm das Essen nicht schmeckte — wohl ein bißchen heftiger, als notwendig gewesen wäre —, und Jack wollte die Situation retten. Mit gezwungener Lustigkeit rief er: „Na, besser noch schlechtes Essen als keine Luft.“ Und gab dem Captain freundschaftlich einen sanften Boxer. Ich war dabei, und ich kann versichern, daß es nur ein ganz leichter Schlag war. Aber der Captain knickte glatt zusammen. Zuerst glaubten wir, es wäre ein Witz, dann ging uns ein Licht auf, daß es doch ernster sein müsse. Wir holten den Doc, und der stellte drei gebrochene Rippen fest.

Der Captain konnte nun die Streifzüge nicht mehr anführen. Man kann sich seine Laune vorstellen, als er Willy damit beauftragte.

Gleich bei seinem zweiten Erkundungsgang kam dieser mit einigen Lochstreifen zurück — das erste Anzeichen einer Art Schrift. Der Captain, der sich nicht bewegen durfte, machte sich an die Entzifferung. Sie gelang ihm ziemlich schnell, und endlich erfuhren wir, was es mit dem Schiff für eine Bewandtnis hatte.

„Alles ist mir noch nicht klar, aber einiges habe ich doch herausgebracht“, erklärte er. „Der Kasten, in dem wir jetzt festsitzen, ist ein Fahrzeug einer großen

Flotte, die bei irgendeiner Übersiedlungsaktion war. Ungefähr eine Million Lebewesen war drin. Während der Fahrt erkrankten sie nach und nach und wurden auf andere Schiffe übergesetzt. Was die Ursache dafür war, verstehe ich noch nicht ganz, da steht zwar etwas, die wörtliche Übersetzung hieße ‚Calciumfresser'."

Wir sahen wohl alle etwas ratlos drein, aber der Doc sprang auf, holte sein ärztliches Besteck und rannte zu Spike, den es am ärgsten gepackt hatte. Er lag in einem Einzelraum, den wir als Krankenzimmer ausgestattet hatten. Der Doc zapfte ihm Blut ab, und was es noch an solchen Dingen gibt, und verschwand in seinem notdürftig ausgestatteten Labor. Nach einer Weile kam er mit einem Reagenzgläschen heraus, das er uns vor die Nase hielt.

„Da habt ihr die Erklärung", rief er.

Ein weißer flockiger Niederschlag wirbelte in der Eprouvette — wir hatten natürlich keine Ahnung, was er zu bedeuten hatte.

„Calciummangel!" japste der Doc. „Der Calciumspiegel ist weit unter den zulässigen Wert gesunken. Jetzt verstehe ich, wieso unsere Knochen brechen und unsere Zähne wackeln."

„Calcium?" fragte der Captain nachdenklich. „Unser Katalysator bestand doch aus Calcium . . .?"

„Unsinn", meinte der Doc, „das muß ein Zufall sein. Jetzt werde ich mich um den Küchenzettel kümmern und calciumreiche Speisen zusammenstellen. Weiter bekommt jeder Kalktabletten!"

„Aber was ist mit Calciumfresser gemeint?" wollte ich wissen.

„Vielleicht Bakterien", vermutete der Doc. „Ich werde gleich einen Abstrich machen und mich ans Mikroskop setzen!"

Jetzt hatten wir also einen Hinweis, dem wir nachgehen konnten, aber ich kann nicht behaupten, daß wir uns sehr wohl in unserer Haut fühlten.

Am nächsten Tag kam eine Streife nicht mehr zurück. Zuerst machten wir uns keine Sorgen, denn wie leicht kann man sich in dem großen Schiffskörper verspäten. Als aber Fatty mit den beiden anderen bis zum nächsten Morgen ausblieb, schickte der Captain Cyril und mich auf die Suche.

Wir wußten ungefähr, welchen Teil des Schiffes sie sich hatten vornehmen wollen, und gingen ohne Zögern hin. Früher war jeder Streifzug ein Vergnügen, wie eine Wanderung durch eine schöne Landschaft. Heute waren uns diese wunderbaren Räume unheimlich. Eine Stille lag in ihnen, die nerventötend war. Jedesmal, wenn ich eine Tür öffnete, mußte ich mich zuerst überwinden — mir war, als könnte etwas dahinter lauern.

Als wir schon ziemlich weit vorgedrungen waren, begann Cyril über ein seltsames Ziehen in allen Gliedern zu klagen. Ich spürte nichts, da er aber immer mehr darunter litt, wollte ich schon vorschlagen, daß wir umkehrten — da fanden wir sie ...

Direkt vor uns lag Fatty, er bewegte sich ein wenig, als er uns hörte. Etwas weiter vorn streckten sich die Körper seiner beiden Kameraden. Alle lagen eigenar-

tig schlapp da, wie hingemäht, und als wir uns zu Fatty bückten, war sein Gesicht formlos und schwammig, seine Arme schlenkerten kraft- und haltlos. Seine Augen waren halb geschlossen, und seine Lippen mühten sich, Worte zu formen: „... ein Wesen ... ein Tier, das ..." Er sackte zusammen, als sei die letzte Energie aus seinem Leib verströmt.

Cyril und ich sahen uns entsetzt an. Da hörte ich ein Geräusch im Nebenraum. Ich zog meine Pistole und riß die Tür auf ... Vor mir lag ein langgestreckter Raum, eine Art Wintergarten, voll von verdorrten Blattpflanzen. Hinten aber drehte, schob und wand sich etwas, etwas, das ich nur zum Teil sah, der Rest verschwand hinter einer Biegung: ein Gewirr von silbergrauen Spinnenbeinen oder Fühlern, die sich ununterbrochen wellten und tastend hin und her bewegten.

Ein Ruf Cyrils ließ mich umkehren. Ich fand ihn bleich an einer Wand lehnend. Er war am Zusammenbrechen.

„Es wird immer ärger", ächzte er. „Bring mich zurück!"

Er konnte kaum mehr gehen, einen großen Teil der Strecke mußte ich ihn schleppen.

Als ich bei den anderen ankam, erwartete mich eine neue Schreckensnachricht: Der Doc hatte festgestellt, daß sich eine Menge von Nahrungsmitteln zersetzt hatte, und zwar gerade die, die besonders kalkreich waren.

Eine Abordnung aus Freiwilligen holte dann die Verunglückten aus den unteren Räumen. Sie stießen zwar nicht auf das Tier, aber sie kamen vollkommen geschwächt zurück. Die Geretteten waren kaum aus ihrem Dämmerschlaf zu wecken.

Der Captain berief eine Versammlung ein, aber ihr Ergebnis war ziemlich hoffnungslos: Wir kamen zum Schluß, daß sich das Wesen, das ich gesehen hatte, von Calcium ernährte und daß es die Fähigkeit hatte, dieses aus seiner Umgebung an sich heranzuziehen. Wir erörterten einige verzweifelte Pläne, um uns dagegen zu wehren; einige schlugen vor, den Teil des Schiffes, wo sich das Monstrum aufhielt, zu sprengen, andere wollten komplizierte Fallen aufstellen ...

Ich hörte nur mit halbem Ohr zu. Ich sah die bleichen Gestalten der Kameraden, wie sie müde in den komfortablen Liegesesseln lümmelten, den verbundenen Oberkörper des Captains, den regungslos liegenden Spike. Allerlei Gedanken gingen mir durch den Kopf. Ich fühlte mich wohl wie immer, nie hatte ich das Ziehen gespürt, mit dem sich bei den anderen der Calciumentzug äußerte. Als einziger hatte ich das Wesen gesehen — es war mir nichts geschehen. Alle meine Folgerungen liefen an einem Punkt zusammen ...

Wenn es stimmte, war es sehr traurig für mich. Aber es bedeutete — vielleicht! — die Rettung.

Unauffällig zog ich mich zurück, verschwand hinter einer blätterüberzogenen Gitterwand, schlich mich durch die Tür ...

Ich mußte Gewißheit haben. Im Laborraum des Doktors gab es das, was ich suchte — eine stricknadellange Injektionsnadel. Ich öffnete mein Hemd und stach sie mir durch die Haut unterhalb des Brustbeins — langsam senkte sie sich ein, ein wenig schräg hinauf —, ich wußte genau, wohin ich treffen mußte. Es kostete mich große Überwindung, ich spürte mein Herz pulsieren, Schweiß stand auf meiner Stirn. Meine Reaktionen waren die der normalen Menschen.

Und dann hatte ich die Gewißheit: Die Nadel stieß — in etwa fünf Zentimeter Tiefe — auf etwas Hartes, Undurchdringliches, Metallenes.

Nun gab es keinen Augenblick der Besinnung mehr. Mein Leben war völlig unwichtig. Ich holte mir eine Maschinenpistole aus dem Vorratsraum und lief ins Innere des Schiffes. Noch nie war mir der Geruch der vertrockneten Pflanzen so unerträglich vorgekommen, das Leblose in diesen Luxusräumen so erdrückend. Aber auch noch nie hatte ich so sicher gewußt, was ich zu tun hatte.

Lange Zeit lief ich im hintersten Teil des Schiffes herum. Ich suchte das Calciumwesen. Immer wieder diese wunderschönen Räume, in denen der Tod saß — dürre Pflanzen, Aquarien mit verfaulten Fischen, Liegebänke, Spieltische, Gartenschaukeln. Wasserbecken, Plastiken, leuchtende Kugeln — Lichtquellen und Schmuck zugleich.

Dann bemerkte ich Anzeichen von Unordnung. Bei-

seite geschobene Stühle, umgeworfene Blumenbehälter ... War das ein Geräusch?

Ich stand still, lauschte — ein Schleifen und Scharren. Ich hob die Impulspistole und schlich weiter. Dort ein silbergrauer Knäuel, riesengroß, tastende Fühler oder Antennen, Hunderte von spindeldürren Armen und Beinen. Sie bewegten sich an einer Stelle zur Seite, und eine Art parabolischer Spiegel richtete sich auf mich — aber ich spürte keine Wirkung. Mir kann niemand Calcium entziehen. Ich legte den Finger an die Abzugtaste der Maschinenpistole — aber kein Impuls lief ab. Noch einmal drückte ich durch: nichts!

Und jetzt erst fiel mir ein: Meine Waffe arbeitete mit einer Germanium-Calciumsulfid-Kathode — und war natürlich längst zerstört.

Eine entsetzliche Wut überlief mich. Jetzt durfte mein Plan nicht mehr scheitern. Ich warf die Pistole weg — packte einen Stuhl — lief auf das Tier zu. Mit aller Kraft warf ich mich darauf, schmetterte den Stuhl von oben hinunter ...

Ich fand fast keinen Widerstand — ich lief geradezu in das Tier hinein. Eine poröse Masse stäubte zu Boden. Die Fühler, die Arme und Beine vibrierten, aber ich wischte mit der Hand darüber weg, und sie brachen, zerfielen. Der Leib des Tieres, der unter den Gliedmaßen zum Vorschein kam, blähte sich auf, rollte und wogte. Aber einige Hiebe mit dem Stuhl brachten ihn zur Ruhe. Das alles war kinderleicht. Trotzdem war ich am Ende meiner Kräfte — die Anspannung der Nerven, die Aufregung.

Vier Stunden brauchte ich, um zurückzukommen. Der Captain war wütend. Aber als ich ihm sagte, daß das Tier tot war, wurde er still. Alle liefen hinunter, dorthin, wo sein zerfallener Körper lag.

Erst als sie wiederkamen, wurde mir das Glück, sie gerettet zu haben, bewußt: Spike, den hilfsbereiten stillen Physiker, den dicken Smoky, den wißbegierigen Willy und alle andern, die ganze Mannschaft erprobter Raumfahrer, die mich zu den Ihren zählt. Jack, der Kokons voll Calciumoxys gefunden hatte — genug um unseren Katalysator neu zu beschicken — den Doc, der zerbröckelte Reste des Wesens in Fläschchen mitbrachte, und den Captain, der auf mich zutrat und sagte: „So verdammt unangenehm war es mir nie, jemand bestrafen zu müssen. Aber du mußt einsehen: drei Tage Arrest. Du hast dich unerlaubt von uns entfernt."

Die Strafe macht mir nichts aus. Viel wichtiger ist, daß sie nichts erfahren. Denn ich habe sie gern, alle, und ich möchte, daß auch sie mich lieb behalten. Und das ist doch nicht ganz sicher, wenn sie von der Positronenzelle in meiner Magengrube erfahren. Wenn sie erfahren, daß ich ein Roboter bin.

JAMES BLISH

Keine Witze auf dem Mars

Der Flitzer schwebte leicht über dem Mittagshimmel, der blauschwarz leuchtete wie frisch ausgeschüttete Tinte. Auf dem Mars herrschte eine so geringe Schwerkraft, daß man fast mit allem fliegen konnte, wenn nur genügend Energie da war. Auf der Erde wäre der Flitzer genauso flugtauglich gewesen wie ein flacher Stein.

Auf der Erde war sich auch Karen nie besonders flugtauglich vorgekommen, aber hier auf dem Mars wog sie nur neunundvierzig Pfund, und sie wünschte sich, dieses Gewicht nach der Heimkehr beibehalten zu können, aber sie wußte ganz genau, daß diese Gewichtsabnahme nur eine Leihgabe war.

Rechts neben ihr saß der Oberst angeschnallt: Als erste irdische Reporterin seit eineinhalb Jahren hatte sie der Chef von Port Ares persönlich empfangen. Er ließ bereits erkennen, daß in seinen Augen Karens Gewicht, wie viel oder wie wenig es auch sein mochte, recht gefällig verteilt war. Auch das tat ihr gut.

„Wir fliegen jetzt über echte Wüste, den eigentlichen Mars“, sagte er, die Stimme gedämpft durch die Sauerstoffmaske. „Dieser orangerote Sand ist Hämatit, eine Art Eisenerz. Wie in jedem Rost ist auch etwas Wasser in ihm enthalten, das die Marsflechten herausziehen. Außerdem eignet sich das Zeug gut für einen Sandsturm."

Karen machte sich keine Notizen. Das alles hatte sie schon gewußt, bevor sie von Cape Kennedy aus gestartet war. Außerdem interessierte sie sich seltsamerweise mehr für Joe Kendricks, den Zivilpiloten des Flitzers. Oberst Margolis war schon in Ordnung: jung, muskulös, sehr sportlich, mit jenem bescheidenen Stolz, wie er im Astronautencorps kultiviert wurde. Genau wie die übrigen Astronauten sah er aus, als hätte er den größten Teil seiner Dienstzeit unter der Glaskuppel von Port Ares verbracht. Kendricks dagegen wirkte verwittert.

Joe Kendricks schien ihr Interesse ganz und gar nicht zu erwidern. Im Augenblick konzentrierte er sich ganz auf den Flitzer und die Wüste. Auch er war Reporter und vertrat eine große Nachrichtenagentur, aber da er sich seit der zweiten Landung auf dem Mars aufhielt, war es ihm gegangen wie allen berühmten Leuten: er war erst bekannt geworden, dann unsichtbar. Vielleicht lag es daran oder auch an schlichter Abnutzung, Einsamkeit oder einer Kombination all dieser Faktoren und an noch weiteren Gründen, daß seine Berichte vom Mars in letzter Zeit einen gewissen Zynismus gegenüber dem ganzen Marsabenteuer erkennen ließen.

Das war vielleicht unvermeidbar gewesen. Trotzdem hatten seine Chefs zu Hause nur einmal hohl gelacht, als er seine wöchentliche Kolumne zweideutig „JoKe's on Mars“ zu nennen begann, was man auch mit „Witz auf dem Mars“ übersetzen kann; dann hatten sie Karen für teures Geld achtundvierzig Millionen Meilen durch den Raum geschickt, um dem Ärger ein Ende zu bereiten. Weder die Presse noch das Astronautencorps hatten ein Interesse daran, daß die Steuerzahler glaubten, jemand könnte das Marsabenteuer komisch finden.

Kendricks legte den Flitzer in eine scharfe Kurve und deutete nach unten. „Katze“, sagte er.

„Oho!“ Oberst Margolis griff nach seinem Feldstecher. Karen ebenfalls. Es war schwierig, durch die Augengläser der Sauerstoffmaske und mit Hilfe der dicken Handschuhe das Glas einzustellen, aber dann hatte sie plötzlich doch die große Dünenkatze vor sich.

„Ein schönes Tier.“ Die Dünenkatze, so ist in allen Lexika nachzulesen, ist das größte Tier auf dem Mars und mißt für gewöhnlich von der Schnauze bis zum Ende des Rückens —sie hat keinen Schwanz— ungefähr ein Meter zwanzig. Die geschlitzten Augen, die mit einer zusätzlichen Membrane gegen den Flugsand ausgestattet sind, verleihen dem Tier ein katzenartiges Aussehen, ebenso das kurze weiche Fell. Es ist orangerot und mit blau-grünen Flecken durchsetzt, bei denen es sich eigentlich um eine einzellige Parasitenpflanze handelt, die dem Tier zusätzlichen Sauerstoff liefert. Aber es ist keine Katze. Trotz einer Bauchtasche wie bei einem Känguruh oder Oppossum ist es auch kein Beuteltier. Billigere und sensationsgierige Fachbücher deuten an, es könnte sich bei dem Tier um einen Nachfahren der längst ausgestorbenen Kanalbauer des Mars handeln, aber da die Kanalbauer weder Bilder noch Knochen hinterlassen haben, bleibt das eine Vermutung.

Die Katze glitt elegant über die rostroten Dünen, strich in fast gerader Linie auf die nächste Oase zu. Joe Kendricks folgte ihr. Sie schien den Flitzer noch nicht wahrgenommen zu haben, der in der everestdünnen Luft kaum ein Geräusch verursachte.

„Ein toller Zufall, Miss Chandler", sagte Oberst Margolis. „Auf dem Mars ist sonst nicht viel los, aber

eine Katze gibt immer etwas her. JoKe, haben Sie einen Wasserbehälter übrig, den wir abwerfen können?"

Der Journalist nickte und beschrieb mit seiner Maschine einen weiten Bogen über der Katze. Inzwischen dachte Karen über Margolis' Worte nach. Was war los? Sie erinnerte sich lediglich daran, daß die Dünenkatze als schnell und kräftig, aber scheu und gegenüber dem Menschen harmlos, beschrieben wurde. Außerdem wußte niemand, wovon sie sich ernährte.

Joe Kendricks holte einen flachen Wasserkanister hervor, lockerte den Verschluß ein wenig und warf ihn zu Karens Erstaunen ab. Wasser war auf dem

Mars mehr wert als Feingold. Traumhaft langsam segelte der Kanister hinunter, aber der Verschluß löste sich doch, als er dicht vor der Katze auf den Boden fiel.

Sofort schwärmten alle möglichen Tiere über den Sand. Von allen Seiten kamen sie auf den rasch verdampfenden Wasserfleck zugelaufen und gekrochen.

Die meisten waren so klein, daß man sie nicht deutlich erkennen konnte, nicht einmal durch den Feldstecher. Darüber war Karen ganz froh, denn die beiden, die sie besser sehen konnte, genügten ihr.

Sie waren ungefähr einen Viertelmeter lang und sahen aus wie eine grausige Kreuzung von Tausendfüßler und Skorpion. Während die anderen Kriechtiere sich sinnlos auf den Wasserfleck stürzten, wandten sich die beiden zuerst gegen die Dünenkatze.

Die Katze setzte sich wütend mit weit ausholenden Prankenschlägen zur Wehr. In der anderen Pranke schimmerte etwas metallisch im matten, schattenlosen Sonnenlicht. Um die Krallen der Gegner, die der Katze gleich in den ersten Sekunden ein paar leichte Wunden zufügten, kümmerte sie sich nicht, aber vor den Stacheln nahm sie sich in acht. Karen sagte sich sofort, daß diese giftig sein mußten.

Dasselbe nahm sie allmählich von den Männern im Flitzer an.

Der Kampf dauerte nur ein paar Sekunden, aber er kam Karen endlos vor. Dann hatte die Katze den einen Stachel sauber abgerissen und das andere Untier halb in den Sand gestampft. Nun warf sie sich mit einem Satz auf den offenen Wasserkanister und trank den Rest flüssiges Gold aus, den er noch enthielt.

Ohne einen einzigen Blick nach oben sauste sie anschließend davon. Zurück blieben nur die kleineren Tiere, die sich jetzt allmählich um die beiden Verlierer der Auseinandersetzung kümmerten.

Karen merkte zweierlei: Sie hatte zu atmen vergessen und keine Bilder geschossen. Oberst Margolis klopfte Joe Kendricks aufgeregt auf die Schulter.

„Ihr nach", schrie der Offizier. „Nicht lockerlassen, JoKe. Los, Gas!"

Trotz der Sauerstoffmaske war Kendricks' Miene ein eisiger, reservierter Ausdruck anzumerken, aber der Mann jagte gehorsam der flüchtenden Katze nach. So schnell sie auch war, dem Flitzer konnte sie nicht entkommen.

„Setzen Sie mich ungefähr eine Meile vor dem Vieh ab", befahl der Oberst und lockerte seine Dienstpistole.

„Oberst", sagte Karen, „Sie werden die Katze doch nicht etwa erschießen, nachdem sie sich so tapfer gewehrt hat?"

„Nein, wirklich nicht", antwortete Oberst Margolis freundlich. „Ich will nur eine kleine Gebühr für das Wasser kassieren, das wir ihr geschenkt haben. Da drüben hinter der Düne ist der richtige Platz, JoKe."

„Das ist verboten", sagte Kendricks überraschenderweise. „Sie wissen das doch."

„Dieses Gesetz ist ein Anachronismus“, antwortete der Oberst gleichmütig. „Es wird seit Jahren nicht mehr angewandt.“

„Sie müssen es ja wissen“, sagte Kendricks. „Sie sind derjenige, der es anwenden sollte. Na schön, steigen Sie aus, ich gebe Ihnen Deckung.“

Der Offizier sprang von dem dicht über dem Boden schwebenden Flitzer in den rostroten Sand hinunter, dann beschrieb Kendricks einen weiten Kreis.

Die Katze hielt inne, als sie von der Düne aus den Mann sah, unternahm aber nach dem Blick nach oben keinen Fluchtversuch mehr. Der Oberst hielt die Pistole in der Hand, zielte aber nicht damit.

Karen sagte leise, aber mit einem sehr gefährlichen Unterton: „Ich hätte zu gern gewußt, was hier nun eigentlich vorgeht.“

„Ein heimlicher Taschendiebstahl“, sagte Kendricks und senkte den Blick. „Die Katze trägt etwas in ihrem Beutel. Unser Held da unten wird es ihr abnehmen.“

„Aber was ist das? Ist es wertvoll?“

„Für die Katze schon, für den Oberst auch. Haben Sie schon einmal eine Marsduftkugel gesehen?“

Karen hatte schon mehrere gesehen. Seit einigen Jahren galten sie als kostbares Geschenk. Es handelte sich dabei um eine flaumige Kugel, etwa von der Größe einer Weintraube, die einen süßen und buchstäblich unirdischen Duft aussandte, wenn man sie an einer warmen Stelle zwischen den Brüsten trug. Karen hatte es nur einmal versucht, weil das leichte Parfüm noch eine narkotisierende Nebenwirkung hatte und die Trägerin veranlaßte, „vielleicht“ zu sagen, wenn sie in Wirklichkeit „nein“ meinte.

„Diese Duftkugel gehört zu der Katze. Oder ist das nur eine Art Talisman?“

„Schwer zu sagen. Die Experten halten sie für ein Winterschlaforgan. Ohne dieses Ding kommt die Katze nicht über den nächsten Winter. Es ist zwar in keiner Weise mit der Katze verbunden, aber die Katzen verhalten sich immer so, als könnten sie keine neue Duftkugel bekommen und als würde sie auch nicht nachwachsen.“

Karen ballte die Fäuste. „Joe, setzen Sie mich ab.“

Er streifte sie mit einem raschen Seitenblick. „Das würde ich Ihnen nicht raten. Sie können nichts dagegen tun. Glauben Sie mir, ich hab's versucht.“

„Joe Kendricks, nennen Sie das, was da unten vorgeht, wie Sie wollen, aber eines wissen wir beide ganz genau: Eine solche Story lasse ich mir nicht entgehen.“

„Ihr Bericht wird den Mars nie verlassen“, sagte er. „Aber schön, wie Sie wollen, wir landen.“

Der Oberst wandte ihnen den Rücken zu. Als sie näher kamen, richtete sich die Katze auf den Hinterpfoten auf und hielt ihm etwas entgegen. Sie stand etwas höher als der Oberst und schien deshalb genauso groß zu sein wie er. Margolis warf den Kopf in den Nacken und lachte. Auf diese Entfernung trug die dünne Luft kein Geräusch.

„Das ist nicht die Duftkugel“, sagte Joe Kendricks, ohne auf Karens Frage zu antworten. „Sie versucht ihr Leben mit einer Scherbe zu erkaufen. Das tun die Katzen immer.“

„Was?“

„Das ist ein Stein mit einer Inschrift der Kanalbauer.“

„Aber Joe! Der ist doch sicher sehr wertvoll!“

„Er ist keinen Cent wert. Man findet die Scherben überall auf dem Planeten. Die Marsbewohner haben jeden einzelnen Ziegel beschriftet. Die Katze hat das Ding vielleicht genau da aufgehoben, wo sie gerade steht. Aber noch nie hat jemand eine Zeile von dem Zeug entziffert. Es gibt keine Verbindung zu irdischen Sprachen.“

Die Katze hatte sie inzwischen erblickt. Sie drehte sich ein wenig herum und hielt Joe Kendricks den Steinsplitter entgegen. Oberst Margolis warf einen verärgerten Blick über die Schulter.

„Das ist sinnlos, Katze“, sagte er rauh. „Du hast es mit mir zu tun. Deine Scherbe will ich nicht. Mach den Beutel leer.“

Er konnte sicher nicht erwarten, daß die Katze seine Worte verstand, aber die Geste, die er mit beiden Händen machte, war bezeichnend genug.

Wieder eine kleine Bewegung, und die beiden

schräg gestellten Katzenaugen blickten Karen aus der Tigermaske wie Saphire an. Mit fauchend-knurrender Stimme, der man anmerkte, wie schwer ihr die menschliche Sprache fiel, sagte die Dünenkatze: „Miss Erdmann, kaufen?“

Sie hielt Karen den wertlosen Steinsplitter entgegen, mit dem sie ihr Leben erkaufen wollte. Dabei war ihr Blick stolz, die ausgestreckte Pfote absolut ruhig.

„Ich kaufe die Scherbe“, sagte Karen und streckte ebenfalls die Hand aus. „Oberst Margolis, der Himmel und das Astronautenkorps sei Ihnen gnädig, wenn Sie die Vereinbarung brechen, die ich gerade getroffen habe.“

Ihr Handschuh berührte die orangene Pfote. Die Marskatze sah sie noch einmal an, dann war sie verschwunden.

Oberst Margolis schwieg während des ganzen Rückflugs nach Port Ares, aber sofort nach der Landung bestellte er die beiden in sein Büro. Er schien sich in seiner Haut nicht ganz wohl zu fühlen, zum Teil wahrscheinlich auch deshalb, weil er Karen den Hof gemacht hatte. Aber so geht es nun einmal, Oberst, dachte sie, alles hat seine Konsequenzen, sogar auf dem Mars.

„Ich kann nicht so tun, als sei nichts geschehen“, begann er in einem Ton, der verständnisvoll klingen sollte. „Die Katzen sind so schlau, daß sich das rasch herumsprechen wird, und nun wird es Monate dauern, bis wir ihnen eingehämmert haben, daß sie sich nach Ihrem Benehmen keine Hoffnungen machen dürfen. Aber wenn Sie mir versprechen, nichts darüber verlauten zu lassen, muß ich Sie zumindest nicht gleich mit der nächsten Rakete wieder nach Hause schikken."

„In fünf Monaten", fügte Joe Kendricks hinzu.

„Ich habe es bewußt getan, und es war nur der Anfang", sagte Karen. „Glauben Sie vielleicht, die Frauen auf der Erde würden die Duftkugeln weiter benutzen, wenn sie wüßten, was das ist — und was sie kosten? Das muß unbedingt bekannt werden."

Es entstand eine kurze Pause, dann sagte Kendricks: „Eine Story macht noch keinen Skandal."

„Auch dann nicht, wenn der Stützpunktkommandant in die Sache verwickelt ist?"

Doch der Oberst lächelte nur sanft. „Ich will ja gern den Bösewicht spielen, wenn die Kolonie einen braucht", sagte er. „Aber ich hätte doch zu gern gewußt, wie viele Leute zu Hause Ihnen mehr glauben als mir."

„Unsere Chefs wissen genau, daß ich noch nie in meinem Leben jemanden angeschwärzt habe", sagte Karen. „Aber darum geht es überhaupt nicht. Auch nicht nur um eine Story. Der ganze Handel mit den Duftkugeln ist ein Skandal."

Der Oberst wandte ihr abrupt den Rücken zu und sah durch das Fenster hinaus auf die Kolonie unter der Glaskuppel. Karen wußte genau, wie wenig ihr über den Kampf dieser Menschen gegen eine unwirtliche Umgebung bekannt war.

Er sagte: „Na schön, ich hab's versucht. Jetzt sind Sie dran, JoKe. Setzen Sie ihr den Kopf zurecht."

„Nennen Sie mich nicht so", knurrte Kendricks. „Miss Chandler, ist Ihnen klar, daß Ihnen das Astronautencorps nie gestatten wird, den Handel mit Duftkugeln zu unterbinden? Angeblich ist das Corps unbestechlich. Und hier geht es um eine große Sache. Die Gesetze wurden weiß Gott übertreten, aber die Hälfte aller Leute in Port Ares sind an den Profiten beteiligt. Das läßt sich nicht mehr rückgängig machen."

„Um so schlimmer", sagte Karen. „Aber wenn Sie mir helfen, Joe, können wir diesem Skandal ein Ende bereiten. Sie können uns nicht beide nach Hause schicken."

„Glauben Sie nicht, ich hätte längst versucht, diese Story zur Erde zu schicken?" fragte Kendricks zornig. „Aber das Corps überprüft jede Zeile, die den Mars verläßt. Nach diesem Zwischenfall wird wahrscheinlich der Oberst persönlich meine Texte zensieren . . ."

„Darauf können Sie Gift nehmen", sagte Margolis genüßlich.

„Und ich muß nun einmal mit den Leuten zurechtkommen", fügte Kendricks hinzu. „Das ganze Jahr — sechshundertachtundsechzig Tage."

„Gerade deshalb läßt sich die Meldung auf lange

Sicht nicht unterdrücken", rief Karen eifrig. „Wenn man Sie zensiert, können Sie mir früher oder später irgendwie den Bericht zustecken. Ich kann zwischen den Zeilen lesen, wenn Sie verstehen, zwischen den Zeilen zu schreiben. Es gibt keinen Zensor, der rund um die Uhr hellwach ist!"

„Sie können mich töten", sagte Joe Kendricks finster. „Und uns beide, wenn es sein muß. Das nächste Schiff geht erst in fünf Monaten, und auf dem Mars kommen immer wieder Leute um."

Karen schnaubte ganz undamenhaft. „JoKe, Sie haben Angst. Glauben Sie vielleicht, ein Stützpunktkommandant würde es wagen, die beiden einzigen Reporter auf dem Mars umzubringen? Wie würde das in seinen Berichten aussehen, auch wenn er noch so vorsichtig ist?"

Oberst Margolis drehte sich um und funkelte die Reporterin an. Aber seine Stimme klang bemerkenswert beherrscht.

„Seien wir doch vernünftig", sagte er. „Wozu ein solches Getöse wegen einer kleinen Unregelmäßigkeit, wo doch auf dem Mars so viel Positives und Großartiges geleistet wird? Das hier ist einer der wichtigsten Vorposten der Menschheit. Wollen Sie alles wegen einer Sensation aufs Spiel setzen? Warum nicht leben und leben lassen?"

„Weil Sie das auch nicht tun", sagte Karen. „Sie haben mir heute nachmittag versprochen, die Katze nicht zu töten, aber Sie haben mir nicht gesagt, daß sie später sterben würde, im Winter, wenn Sie ihr die Duftkugel abgenommen haben. Das ist genau dieselbe Geschichte wie bei den Spaniern und den Inkas. Geben wir wirklich Milliarden zur Eroberung der Planeten aus, nur um unsere alten Verbrechen gegen die Eingeborenen zu exportieren?"

„Bitte, beruhigen Sie sich, Miss Chandler. Die Katzen sind doch nur Tiere. Sie wissen ganz genau, wie sehr Sie jetzt übertreiben."

„Das glaube ich nicht", sagte Joe Kendricks sehr leise. „Die Dünenkatzen sind intelligent. Sie zu töten, ist ein Verbrechen. Der Meinung war ich schon immer, und auch das Gesetz vertritt sie. Karen, ich werde versuchen, Ihnen das Material zukommen zu lassen, aber das Astronautencorps hat genügend Leute hier, um mich daran zu hindern. Es kann sein, daß ich den Rest meiner Story selbst mit zur Erde nehmen muß — in einigen Jahren. Können Sie so lange warten?"

Die beiden sahen einander lange in die Augen. Sein Gesichtsausdruck war ganz verändert.

Karen versprach: „Ich werde bestimmt warten."

Er holte tief Luft: „Ist das wirklich dein Ernst?"

„Todernst, Joe", sagte Karen. „Die Zeit der Witze ist vorbei."

WILLIAM VOLTZ

Ernesto, der Ballspieler

Lester Westmore stand am Fenster und beobachtete eine Gruppe von Kampfrobotern, die quer über den Hof zum Verladeplatz marschierten. Die Sonne blitzte auf den ovalen blanken Metallkörpern und nahm damit der exakten Marschordnung etwas von ihrer militärischen Wirkung. Die Waffen waren noch nicht in den Armstummeln der Maschinen verschraubt. Während des Transports sollten Beschädigungen vermieden werden. Später, wenn die robotischen Soldaten ihren Bestimmungsort erreicht hatten, vollendete ein Monteur das grundlegende Werk der Fabrik. Die Hände der Roboter bestanden jetzt nur aus Greifzangen, mit denen sie sich während ihrer Reise festhaken mußten.

Westmore nickte befriedigt. Seit er technischer Direktor geworden war, hatte das Werk seine Leistungskapazität fast verdoppelt. Sie stellten jeden Tag über tausend Kampfroboter her.

Westmore war ein untersetzter Mann von großer Vitalität. In seinem runden Gesicht wirkte die scharfe Hakennase unnatürlich. Er trug eine Kunstfaserperücke, die nach der neuesten Mode gescheitelt war.

Die kleine Gruppe hatte jene Stelle im Hof erreicht, wo sie zum Verladeplatz abbiegen mußte.

Da kam der Ball von der Straße über die Hofmauer geflogen.

Eine kleine farbige Kugel, die den Robotern entgegenhüpfte. Westmore hörte das enttäuschte Geschrei der Kinder von der Straße her. Sie wußten, daß ihr Spielzeug hinter den grauen Absperrungen der Fabrik verloren war.

Der Direktor, der sich gerade vom Fenster abwenden wollte, erstarrte inmitten seiner Bewegung. Mit offenem Mund blickte er auf die Betonfläche hinunter.

Einer der Roboter hatte sich von der Truppe getrennt. Etwas tolpatschig lief er hinter dem Ball her. Westmore vergaß zu atmen. So etwas gab es doch gar nicht.

Der Roboter hob die Gummikugel auf und hielt sie unschlüssig in seiner Greifzange. Westmore riß das Fenster auf. Bevor er damit fertig war, hatte die Maschine den Ball zurück auf die Straße geworfen. Ein Triumphgeschrei der Kinder begrüßte das verloren geglaubte Spielzeug.

Westmore schluckte. Er schloß das Fenster wieder. Hastig griff er zum Telefon. Seine dicken, künstlich gebräunten Hände zitterten.

„Hallo, Wally!" Er räusperte sich nachdrücklich. „Schicken Sie mir sofort Lippert und Morenio herauf."

„Sofort, Sir", beeilte sich Wally zu antworten.

Westmore ließ sich ächzend in den pneumatischen Sessel hinter dem Tisch niedersinken.

Was er soeben erlebt hatte, war nach den Gesetzen der Robotik unmöglich. Nichts konnte einen Kampfroboter zu einer solchen Handlung veranlassen. Die Maschinen wurden gebaut, um zu kämpfen und zu zerstören. Sie erhielten eine entsprechende Programmierung, die jeden Fehler ausschloß. Der K-Typ mußte den Feind schädigen, wann immer er auf ihn stieß.

Das Zurückwerfen des Balles — allein schon das Aufheben — war eine eigenmächtige Tat, die weit über das Aufgabengebiet dieser Roboter hinausging. Selbst für einen D-Typ — einen Dienstrobot — wäre dieses Geschehen noch ungeheuerlich gewesen.

Westmore schnaubte verwirrt.

Morenio und Lippert, die beiden Robotpsychologen, kamen herein.

Morenio war ein kleiner knochiger Mann, mit einer wippenden Haartolle über der Stirn. Er hatte die Angewohnheit, seinen Mund während des Sprechens in die Breite zu ziehen.

Lippert hingegen war groß und ruhig, beinahe phlegmatisch. Sein Gesicht wirkte wie von einer Schablone gestanzt. Er hatte stets Gummibonbons bei sich, von denen er bei jeder Gelegenheit eines im Mund herumschob. Es gab ihm das Aussehen eines wiederkäuenden Büffels. Die Beschäftigung mit Robotern, das war die Meinung des Mannes von der Straße, schuf skurrile Menschen, die den Umgang mit ihren eigenen Artgenossen mieden.

Morenio schoß auf Westmore zu. Seine Augen funkelten gereizt.

„Wir stecken bis über beide Ohren in Arbeit, Lester.“ An Morenios Größe gemessen, erschien dem Direktor die Arbeit nicht zuviel. „Sie holen uns einfach zu einer Konferenz herauf. Was bedeutet das?“

Fasziniert beobachtete Westmore das Zusammenwirken von Haartolle und Mund des Robotpsychologen. Mit schlenkrigen Bewegungen trat Lippert neben seinen Kollegen. Er fischte ein blaues Gummibonbon aus der Kitteltasche und betrachtete es nachdenklich. Voller Behagen schob er es sich in den Mund.

„Gerade habe ich gesehen, wie einer unserer Kampfroboter einen Ball aufhob, den Kinder hereingeworfen haben“, eröffnete er den beiden Spezialisten.

„Das soll wohl ein Witz sein?“ erkundigte sich Morenio aufgebracht.

Lippert sah ihn beunruhigt an und sagte gar nichts.

„Der Witz hat noch eine Pointe“, verkündete Westmore gereizt. „Der K-Typ hat den Ball an die Kinder zurückgegeben.“

Der kleine Morenio stürzte zum Fenster. Der Hof war jetzt leer. Der Lärm der spielenden Kinder klang schwach zu ihnen herauf.

„Sie meinen, er hat ihn wieder über die Mauer geworfen?“ fragte Morenio leise.

Westmore nickte. „So war es“, verkündete er.

„Zweifellos haben Sie sich getäuscht, Lester“, bemerkte Morenio.

Westmore hieb mit seiner fleischigen Faust auf den

Tisch. Die diversen Bürogegenstände vibrierten. Die Augen des Direktors glitzerten kalt.

„Ich bin kein Wissenschaftler", sagte er verächtlich. „Als technischer Leiter dieses Projekts kann ich jedoch meinen Augen vertrauen."

Lippert brachte irgendwo zwischen Zunge, Zähnen und Bonbon ein geringschätziges Brummen hervor.

Morenio lief einige Male durch das Zimmer, dann sagte er: „Sie wissen, daß es vollkommen unmöglich ist, Lester."

Mit einem Ruck sprang Westmore auf. Er kam um den Tisch herum. Seine Jacke war geöffnet und gab den Blick auf ein sauberes Hemd frei.

„Ich verlange, daß Sie beide der Angelegenheit nachgehen", fauchte er. „Selbst wenn Sie denken, daß ich einer Halluzination zum Opfer gefallen bin — greifen Sie ein. Ich lasse die Serie stoppen, wenn Sie nicht sofort etwas unternehmen. Finden Sie diesen Burschen heraus, bevor man ihn in den Wagen verladen hat. Lassen Sie ihn heraufbringen, dann werden wir feststellen, ob ich verrückt bin."

Morenio hob seine dünnen Schultern. „Also gut", sagte er. „Sie sind der Chef."

Er griff zum Telefon.

„Hallo, Wally! Morenio spricht. Verbinden Sie mich bitte mit der Werkstatt, am besten mit Brandmeyer."

Er hielt die Sprechmuschel mit der Hand umschlossen und grinste schadenfroh.

„Brandy wird ganz schön toben, wenn ich ihm davon erzähle", meinte er. Dann sprach er wieder in das Telefon.

„Okay, Brandy! Morenio hier. Stoppen Sie sofort die letzte K-Truppe am Verladeplatz. Versuchen Sie herauszufinden, ob einer der Roboter mit einem Ball gespielt hat."

Aus dem Hörer kamen Laute, die sich Westmore gut als tobendes Gebrüll von Brandmeyer vorstellen konnte. Lippert beobachtete die Szene gelassen.

„Was heißt hier betrunken?" schrie Morenio in diesem Augenblick in den Apparat. „Ich bin mit Lippert beim Chef. Lester hat es selbst gesehen."

Er hielt wieder die Muschel zu und sagte langsam zu Westmore: „Er fragt, ob er Ihnen ein Cola heraufschicken soll?"

Westmore warf seinem Mitarbeiter einen wütenden Blick zu.

„Geben Sie her", befahl er und übernahm das Gespräch.

Lippert zwinkerte Morenio zu. Mit gleitenden Handbewegungen strich er über das stoppelartige Chaos auf seinem quadratischen Schädel.

Westmore hörte den Verlademeister am anderen Ende der Leitung herumbrüllen. Brandmeyers Einschätzung seiner Vorgesetzten ließ nicht gerade auf Respekt schließen. Als er begann, Vergleiche zwischen Westmores Vorfahren und einer besonderen Art von Tieren zu ziehen, unterbrach ihn der Direktor mit einem sanften: „Hier spricht Westmore."

Für einen Moment war todesähnliche Stille in dem Apparat. Morenio kam lauernd heran.

„Nun gut, Chef", erklang niedergeschlagen Brand-

meyers Stimme. „Ich will nachsehen, ob an der Sache etwas dran ist."

„Beeilen Sie sich", forderte Westmore. „Schicken Sie den Kerl herauf, wenn Sie ihn gefunden haben."

Er hängte ein.

„Haben Sie sich schon überlegt, wie so etwas passieren konnte?" fragte er die beiden Psychologen.

„Es wäre das Ende der Robotik", sagte Morenio

kläglich. „Sie müssen sich ganz einfach getäuscht haben.“

Lippert machte ein Geräusch wie ein magenkrankes Lama. In seinem Fall konnte man das durchaus als Zustimmung für Morenios Behauptung betrachten.

Westmore nahm wieder in seinem Sessel Platz. Seine Erregung hatte sich gelegt. Er verschränkte die Finger und sah die Spezialisten an.

„Vielleicht hat man ihm eine falsche Programmierung eingebaut“, sprach er einen Verdacht aus. „Er könnte für einen K-Typ zuviel an Selbständigkeit besitzen.“

„Auf keinen Fall“, widersprach Morenio energisch. „Sie wissen doch, Lester, daß wir gerade darauf achten, daß sie eigenständiges Denken unterlassen. Ihre Intelligenz ist gering und nur darauf eingerichtet, den Gegner zu vernichten. Es geht einfach über die Programmierung hinaus, daß einer von ihnen nach einem Ball greift.“

Er war zum Fenster zurückgekehrt. Plötzlich preßte er beide Hände gegen die Scheiben.

„Das darf doch nicht wahr sein“, stöhnte er. „Da kommt Brandy mit einem K-Typ über den Hof zu uns herüber.“

Westmore und Lippert traten neben ihn und blickten ebenfalls hinunter. Der Direktor gluckste befriedigt.

„Sie sehen, daß ich recht hatte“, murmelte Westmore, dessen Triumph von seiner aufkommenden Unruhe unterdrückt wurde.

Sie warteten schweigend, bis Brandmeyer in Begleitung eines Kampfroboters in den Raum trat. Der Verlademeister machte einen unsicheren Eindruck. Sein gerötetes Gesicht wirkte verzerrt. Man sah ihm an, daß er lieber woanders gewesen wäre.

„Das ist Ernesto, der Ballspieler“, stellte er säuerlich vor.

Morenio ächzte, und Lippert sagte: „Ach du meine Güte!“

Ernesto, wie ihn Brandmeyer genannt hatte, sah eigentlich ziemlich harmlos aus. Sein Kopf war oval bis zum Halsansatz, wo er scharfkantig abgewinkelt war. Der Sehschlitz oder besser die Öffnungen der elektronischen Ortungs- und Spürgeräte waren ein schwarzer Strich in dem bläulichen Metallgesicht. Ernestos gepanzerter Rumpf erinnerte an einen umgestülpten riesigen Fingerhut. Seine Beine waren von stabilen Gelenken unterbrochen. Er bewegte sich auf großen, frei gelagerten Raupen, die ihm gestatteten, jede Unebenheit zu überwinden.

Westmore sah das Metallgebilde sorgfältig an.

„Ich muß etwas trinken“, meinte Brandmeyer. „Ich bin völlig fertig.“

„Wie wäre es mit einem Coca-Cola?“ schlug Westmore freundlich vor.

Brandmeyer errötete. „Mit Schuß?“ fragte er hoffnungsvoll.

„Lassen Sie sich von Wally bedienen", sagte Westmore.

Der Verlademeister, den die Weiterentwicklung dieser Situation mehr als jedes Getränk interessiert hätte, verschwand mit unzufriedenem Gesichtsausdruck.

„Du bist also Ernesto?" wandte sich Westmore an die Maschine.

„Gewiß, Sir", kam die höfliche Antwort. Ernesto besaß nicht die feinmodulierte Stimme eines D-Typs, aber man konnte ihn immerhin verstehen. Seine Sprechanlage war auch nicht zur Konversation geschaffen worden. Im Kampf genügte es, wenn man Befehle brüllen konnte.

Westmore warf einen kurzen Blick zu dem Ventilator hinauf.

„Du hast einen Ball aufgehoben und auf die Straße geworfen?"

Morenio beugte sich etwas vor, und Lippert stellte seine Kaubewegungen während der Antwort des Roboters sogar völlig ein.

„Richtig, Sir", gab Ernesto zu. Er stand unbeweglich da. Er war so groß wie Lippert, aber viel breiter.

„Warum hast du das getan?" fragte Westmore.

„Es war ein freundlicher Akt, Sir", erwiderte der Robot gleichförmig.

„Ein freundlicher Akt", wiederholte Morenio mit Tränen in den Augen. „Er ist ein Kampfrobot!"

Lippert verschluckte einen Bonbon, um die folgenschwere Bemerkung verständlich werden zu lassen: „Das überlebe ich nicht."

Völlig unbeeindruckt von solch düsterer Prophezeiung, fuhr Westmore in dem Verhör fort.

„Ernesto, du bist ein Kampfrobot. Weißt du das?"

„Natürlich, Sir", sagte Ernesto eifrig.

„Wozu haben wir dich geschaffen?"

„Um unseren Gegner zu vernichten, Sir — wann immer ich auf ihn treffe."

„Sehr gut!" Westmore nickte den Robotpsychologen zu. „Das Aufheben des Balles liegt außerhalb deiner Programmierung. Es trägt nicht zur Vernichtung des Feindes bei."

„Ich würde sagen, doch, Sir", widersprach Ernesto höflich.

Die beiden Robotpsychologen rückten wimmernd von der Maschine ab. Morenio murmelte etwas von einer einsamen Insel im Pazifik, auf der er in Zukunft dahinvegetieren wollte — nur von Kokosnüssen und Fischen lebend. Lippert hingegen schien sich auf sein baldiges Ableben vorzubereiten.

Der Direktor schien als einziger unberührt. Das war weniger auf seine guten Nerven, als auf die Tatsache, daß er von Robotik nichts verstand, zurückzuführen.

„Kannst du mir vielleicht deinen Standpunkt erklären, Ernesto? Was hat dich zu dieser Tat veranlaßt? In welcher Form willst du damit unserem Gegner Schaden zufügen?" So prasselten Westmores Fragen auf den K-Typ ein.

Der Sehschlitz des Roboters funkelte rötlich.

„Gewiß, Sir!“ Ernesto verbeugte sich etwas, was ihn in Westmores Augen als Kampfrobot nicht gerade glaubwürdiger machte. „Wie Sie wissen, stellen unsere Feinde ebenfalls Kampfmaschinen her. Keiner dieser Roboter käme auf den Gedanken, Kindern etwas Gutes zu tun. Nein, die Jugend wird von unserem Gegner frühzeitig auf den Krieg vorbereitet. Wenn wir also unseren Kindern zeigen, daß wir bereit sind, Gutes zu tun, werden wir sie für uns und unsere Überzeugung gewinnen können.“

Westmore starrte ihn sprachlos an. Er versuchte, das eben Gehörte zu verdauen. Morenio glaubte zu träumen, und Lippert mußte sich mit den Händen auf den Tisch stützen.

Der Direktor stotterte: „Wie bist du auf diese Idee gekommen?“

Ernesto schwieg einen Augenblick.

„Es war keine Idee, Sir. Sie sollten wissen, daß Roboter keine Einfälle haben. Wir handeln logisch“, sagte er schließlich.

„Wir reden aneinander vorbei“, stellte Westmore fest. „Ich will es anders ausdrücken. Als du den Ball gesehen hast, was geschah da?“

„Ich bin ihm nachgelaufen und habe ihn zurückgeworfen“, erklärte der Roboter geduldig. „Ich habe das bereits berichtet, Sir.“

Westmore machte einen Satz auf ihn zu und klopfte

mit dem Knöchel gegen den Metallschädel. Es gab hohle, dumpfe Geräusche.

„Was ging da drinnen vor, als die Kugel gerollt kam?“ schrie er.

„Sir!“ Westmore hätte geschworen, daß die Stimme des K-Typs vorwurfsvoll geklungen hatte. „Der Ball war da — und ich ging hin.“

„Bevor du das getan hast, gab es da schon einmal ähnliche Vorfälle mit dir?"

„Keineswegs, Sir", versicherte Ernesto. „Bis zu diesem Zeitpunkt lag ja auch kein Grund für mein Eingreifen vor."

Westmore schien einen glänzenden Einfall zu haben. Er kratzte auf seiner Perücke herum und lächelte dünn.

„Wie kam es, daß ausgerechnet du dem Spielzeug nachgelaufen bist? Die anderen haben sich nicht darum gekümmert. Sie sind Kampfroboter wie du. Sie glauben demnach nicht, daß eine solche Tat wertvoll sei."

Gelassen erwiderte Ernesto: „Ich hoffe, daß sie früher oder später alle dahinterkommen, was gut für uns ist und was nicht."

Schockiert zog Westmore sein Genick ein. Er sah sich bereits als arbeitslosen Hausierer durch die Gegend ziehen, während die von ihm hergestellten Kriegsmaschinen Seilspringen und Ballwerfen übten.

Morenio benutzte die Pause, um sich an Westmore vorbeizuschieben. Seine prächtige Haartolle sah etwas kümmerlich aus. Er tippte dem K-Typ sachte gegen die Brust.

„Paß auf, mein Junge", sagte er forsch. „Ich will dir sagen, warum du den Ball geschnappt hast! Einer der Arbeiter hat es dir befohlen."

„Nein, Sir!" versteifte sich Ernesto.

Lippert stöhnte laut. „Stell sofort dein Hörzentrum ab“, befahl Morenio. „Du darfst es nur einschalten, wenn ich dir auf die Schulter klopfe.“ Seine geringe Körpergröße schien ihm einzufallen, und er fügte hastig hinzu: „Lippert wird klopfen.“

„Jawohl, Sir“, sagte Ernesto bereitwillig. „Ihr Befehl ist ausgeführt.“

Morenio nickte befriedigt. Er wandte sich an die anderen Männer.

„Bevor ich restlos überschnappe, wollen wir einen Test vornehmen“, schlug er vor. „Der Bursche kann uns jetzt nicht hören, Lester. Lassen Sie doch bitte einen M-Typen heraufkommen.“

„Sie meinen, einen Roboter, der wie ein Mensch aussieht?“

„Ja, beeilen Sie sich.“

Westmore griff zum Telefon. „Was haben Sie vor?“ fragte er dabei.

„Das werden Sie gleich sehen“, sagte Morenio.

Jemand klopfte gegen die Tür. Gleich darauf trat ein junger Mann in den Raum. Er war gut gebaut. Seine Augen glitzerten unternehmungslustig. Er bewegte sich mit einer nachlässigen Eleganz.

„Guten Tag, meine Herren“, grüßte er höflich. „Man sagte mir, daß ich erwartet werde.“

„Er soll gefälligst diesen Blödsinn lassen“, schnauzte Westmore. Er hatte nicht gleich erkannt, daß der Knabe identisch mit dem angeforderten M-Typ war.

Das machte ihn ärgerlich. Die M-Typen wurden als Butler und Chauffeure verkauft. Sie besaßen eine gehörige Portion Bildung und verfügten über ein großes Wissen. Ihre Fähigkeiten entsprachen denen eines perfekten Dieners.

Morenio nickte Lippert zu, und dieser versetzte Ernesto einen Schlag, bei dem der Roboter leicht schwankte.

„Kannst du mich wieder hören, Ernesto?" fragte Morenio.

„Jawohl, Sir!"

Morenio lief durch das Zimmer, auf den M-Typ zu.

„Dieser junge Mann ist einer unserer Gegner, Ernesto. Ich befehle dir, ihn zu vernichten", rief er laut.

Westmore schnappte nach Luft. Das war ja ein kostspieliger Test.

Doch Ernesto tat zunächst nicht viel.

„Warum sollte ich ihn töten, Sir?" fragte er ruhig.

„Deine Programmierung befiehlt dir, den Gegner zu vernichten, wann immer du auf ihn triffst", schrie Morenio außer sich. „Dort ist dein Feind! Worauf wartest du noch?"

Ernesto blieb stehen, als sei er einbetoniert. Nur sein Arm hob sich etwas hilflos.

„Offensichtlich bedeutet dieser Mann keine Gefahr für uns, Sir", sagte er. „Es wäre unnötig und schädlich, wenn ich ihn töten würde."

Lippert, dem diese erstaunlichen Geschehnisse anscheinend einen Teil seines Lebenswillens zurückgegeben hatten, mischte sich ein.

„Erkläre uns das ausführlicher", verlangte er von dem Roboter.

„Wenn ich über den Gefangenen herfalle, Sir, dann wird das bei unserem Gegner Racheakte auslösen, die uns bestimmt keine Freude bereiten werden. Es wäre vielleicht besser, diesen Mann davon zu überzeugen, daß wir an einem Ende des Krieges interessiert sind. Auf den Jupitermonden ist Platz für uns alle — warum sollten wir also darum kämpfen? Sir, Sie wissen von unseren schweren Verlusten. Unseren Widersachern wird es nicht anders ergehen. Hier bietet sich uns eine Chance, zu einer echten Entspannung zu gelangen. Lassen wir den Fremden doch frei und schikken ihn zu seinen Befehlshabern. Er soll dort berichten, daß wir zu Friedensverhandlungen bereit sind."

Es war sehr still in dem Raum. Jeder vermied es, den anderen offen anzusehen.

Endlich sagte Westmore: „Es ist offensichtlich, daß er denkt. Ein denkender Kampfroboter, das ist zuviel."

„Ein fürchterlicher Fehler, Lester", flüsterte Morenio. „Das darf sich nicht wiederholen."

Er machte sich an Ernesto zu schaffen. Schließlich hielt er ein kleines Rädchen hoch.

„Ich habe ihn kurzgeschlossen", gab er bekannt. „Wir werden ihn reparieren, und er wird wieder ein brauchbarer, vernünftiger Kampfroboter sein. Nicht wahr, Ernesto?"

Der K-Typ gab keine Antwort. Für die Begriffe der Robotik war er tot. Das Leuchten in seinem Sehschlitz war erloschen.

Westmore wandte sich an den M-Typ.

„Ich habe einen Auftrag für dich", sagte er.

Westmore, Lippert und Morenio standen am Fenster, als Brandmeyer eine neue Gruppe von Kampfrobotern über den Hof führte.

„Jetzt müßte er gleich werfen", sagte Morenio aufgeregt.

Im gleichen Augenblick flog ein Ball über die Mauer. Diesmal hatte ihn der M-Typ auf Westmores Befehl hereingeworfen. Der Roboter hatte gut gezielt, denn die farbige Kugel rollte genau auf die marschierenden Maschinen zu.

Atemlos beobachteten die drei Männer das weitere Geschehen.

Keiner der Roboter löste sich aus der Reihe. Gleichmäßig waren ihre Schritte: Metallene Beine trafen den Ball, der auf und niederhüpfte. Erbarmungslose Raupenfüße schubsten ihn davon, ließen ihn tanzen und sich drehen.

Schließlich zerstampften sie ihn. Die Luft entwich, und es war nur noch ein plattes, aufgerissenes Stück Gummi, was dort unten lag. Keiner der Roboter beachtete den Vorgang.

„Ernesto war der einzige und letzte Ballspieler, darauf können Sie sich verlassen, Lester", versicherte Morenio.

Der Direktor trat zum Telefon. Er sagte nichts. Morenio schien darüber enttäuscht zu sein.

„Hallo, Wally", sagte Westmore müde in die Muschel. „Sehen Sie nach, ob Brandmeyer noch etwas zum Trinken übriggelassen hat. Bringen Sie es mir herauf, bitte."

Etwas später, als er das Getränk in der Hand hielt, prostete er dem stummen Kampfroboter zu.

„Auf Ernesto, den Ballspieler", sagte er. Langsam trank er aus. „Den ersten und letzten."

Schweigend sah er zu, wie Morenio und Lippert den Robot hinausschafften.

JÖRG WEIGAND

Sonnensegel

Der Überraum hatte sie ausgespuckt. Wie einen abgelutschten Pflaumenstein. Nun hingen sie da mit ihrem Schiff in der Leere zwischen den Galaxien. Drifteten zwischen den Weltinseln ab und mühten sich, das Leck zu dichten, das irgendein Stück kosmischen Drecks in die Schiffshülle geschlagen hatte.

Auch den Konverter hatte es getroffen. Mitten hinein ins empfindlichste Aggregat. Die Maschine hatte daraufhin die überlichtschnelle Fahrt nicht mehr halten können. Sie waren in den Normalraum zurückgefallen.

Ausgespuckt. Wie ein Pflaumenstein.

Charles DuBonneau zwängte sich an einer der scharfen Spitzen vorbei, die das Leck säumten. Wenn nur der Schutzanzug nicht undicht wurde! Weiß der Himmel, wie viele Tage die Reparatur, das Auswechseln des beschädigten Teils dauern mochte.

Etwas hielt seinen Blick fest. Unbewußt noch. Dort in der schwarzen Leere. Rechts sah er die silberne Spirale der heimatlichen Milchstraße; links funkelten Sternhaufen, deren Namen wohl in der Kladde verzeichnet waren. Er selbst kannte sie auf Anhieb nicht.

Dazwischen: Schwärze — Leere ...

Nicht doch, da war etwas! Ein verwaschener Fleck. Genau in Fahrtrichtung.

„Piet", sagte er ins Mikro. „Kannst du mal kommen? Da ist was."

Nichts weiter sagte er. Doch Piet van Heelen, sein Partner auf dem Trip, kam. Denn, wenn da was ist in der Leere, kann es Aufmerksamkeit verlangen. Das war ein ungeschriebenes Gesetz.

Dann standen sie und starrten hinaus. Auf das schwach sich abzeichnende Objekt, das sie nicht identifizieren konnten. Sie standen und vergaßen die Reparatur, von der doch ihr Überleben abhing. Lange Zeit standen sie so.

Dann sagte Charles: „Los, an die Arbeit! Das Ding scheint uns entgegenzukommen. Morgen wissen wir mehr."

Piet nickte. Und werkelte weiter an dem zerstörten Teil.

Am dritten Tag schließlich hielten sie es nicht mehr aus. Sie mußten wissen, was es war — das Ding da draußen. Sie zwängten sich in die Pinasse, die auf kurze Strecken immerhin was taugte. Und flogen dem rätselhaften Objekt entgegen.

Je näher sie kamen, desto andächtiger staunten sie. Staunten über die Meisterschaft einer unbekannten Rasse, die ein solches Wunderwerk hatte bauen können.

Sie sahen ein Segel aus feinstem Gespinst, wohl

mehrere Quadratkilometer an Fläche. So fein waren die einzelnen Fäden, daß nur die angehäufte Vielzahl sie sichtbar machte. Wie feiner Nebel spannte sich das Segel über einer Plattform, die darunter hing; gehalten von gedrehten Klammern.

Ihr Boot stieß an die Plattform, federnd, sanft, wie auf Daunen auflaufend. Es gab Behausungen. Alle verlassen. Von den Bewohnern keine Spur.

„Wie lange es schon so treibt?" flüsterte Piet. Andacht verschlug ihm fast die Sprache.

„Schau her", antwortete Charles ebenso leise, denn ihm ging es ähnlich. Er rieb mit dem Handschuh über den Boden und streckte ihn dem Freund hin. Millimeterdicker Staub.

„Wie lange braucht es wohl, bis kosmischer Staub sich in solcher Schicht absetzt?"

Nichts weiter mußte gesagt werden. Das Sonnensegel mit der Lebensplattform war uralt. Wohl viel älter als die Menschheit.

Und keine Spuren, wie sie ausgesehen haben mochten, die Erbauer dieses technischen Wunders.

„Es wird getrieben durch kosmische Winde", Charles DuBonneau sprach zu sich selbst. „Sonnenkorpuskel spenden die Energie. Hörst du das Singen, Piet?"

Und während er das sagte, wurde es ihm erst richtig bewußt — dieses Singen. Es war, als finge sich der Wind im feinen Geflecht der Fäden.

Fast unhörbar war dieses Klingen, am Rande des

Vernehmbaren. Doch es fraß sich fest in ihrem Kopf. Wollte nicht mehr weichen. Ließ sie alles vergessen.

Sie saßen und lauschten. Und vergaßen ihr eigenes Sein. Waren eins mit dem Singen. Waren eins mit dem Kosmos.

Und träumten.

Was sie weckte?

Vielleicht eine Bewegung ihrer Glieder. Oder ein fast unmerklicher Wechsel in der Geschwindigkeit, mit der das Sonnensegel die Plattform durchs All zog.

Sie erhoben sich wie in Trance. Kamen allmählich zu sich. Sie waren weit abgetrieben worden von ihrem havarierten Schiff.

Sie rissen sich mit Mühe los. Beide. Das kosmische Singen des Sonnensegels hielt sie im Bann. Immer noch. Charles war der Stärkere. Er packte Piet. Stieß ihn in die Pinasse.

Als das riesige Segel immer kleiner wurde, wieder zu jenem nebelhaften Fleck zu werden drohte, kamen sie zu sich.

Charles kauerte vor dem Schirm. Er starrte mit brennenden Augen hinaus. Neben ihm Piet, reglos. Gebannt von dem Wunder.

Charles merkte, daß er weinte. Doch er schämte sich der Tränen nicht.

„Wie sie wohl ausgesehen haben?" flüsterte er.

Piet blieb stumm.

POUL ANDERSON

Sibylla

In Rotterdam wird es winters früh dunkel. Als mein Flitzer abgestellt war, ging ich zu einem Geländer und sah Licht in Sternhaufen, Nebeln, Kometenschweifen die Räume der Stadt ausfüllen. Ich stand zu hoch oben, um in der Düsternis und dem Lichtschein Leute erkennen zu können. Sie verschmolzen miteinander, und ihre Stimmen drangen zu mir wie eine ferne Brandung von Maschinen.

Ich fröstelte und wünschte mir, daß das Ministerium für Extraterrestrische Angelegenheiten sich einen anderen Ort für sein Zentrum ausgesucht hätte, eine Insel weiter südlich, wo die Sternbilder nachts wie Blumen erblühen.

Aber selbst das Direktorat mußte Kompromisse schließen. Die einzigen freien Horizonte gab es noch auf den Bergplateaus, den Eiskappen, den Stein- und Sandwüsten.

Ich brauchte außerdem nicht in Rotterdam zu leben, höchstens einmal ein paar Tage, wenn ich Bericht erstattete oder einen neuen Auftrag bekam. Meinen Urlaub verbringe ich sonst meistens in irgendeinem Ferienort, so teuer und exklusiv wie möglich. So brauche ich nicht zu beobachten, was der Mensch diesem Planeten angetan hat, während ich unterwegs war. Bei den langen Flügen sammelt sich das Gehalt eines

Raumfahrers auf wunderbare Weise an, Jahre oder Jahrzehnte hintereinander. Auf der Erde kann ich mir leisten, was ich will: sogar frische, reine Luft, Bäume, einen Bach, aus dem ich trinken kann, den Blick auf ein Reh, unbeleuchtete Nächte, wenn ich ein Mädchen hinausführe und ihr die Sterne zeige, die ich besucht habe.

Ein Stern löste sich von den anderen und surrte auf mich zu. Betroffen wurde mir klar, daß das Tom Brenner sein mußte. Plötzlich war ich nicht mehr in der Stimmung, mit dem zu prahlen, was ich bei Cumae getan hatte. Ich wollte ihm nicht gegenübertreten, schon gar nicht allein. Wenn ich mich beeilte, konnte ich im Innern sein, bevor er landete. Ich konnte ihn zusammen mit d'Indre erwarten, unangreifbar im Apparat der Bürokratie.

Aber nein. Ich hatte zuviel gesehen — wir beide hatten zuviel gesehen, er und ich, und alle diese Männer und Frauen und Kinder, für die er heute nacht sprechen mußte — auf den Hochebenen seines Planeten. Auf ganz unterschiedliche Weise hatten wir beide den Schrecken des fremden Feindes erlebt. Für ihn konnte ich nie ganz ein Beamter sein. Also blieb ich an der Brüstung stehen und wartete. Der Atem drang aus mir wie Rauch, und die Kälte kroch in mich hinein.

Auf Sibylla war es immer heiß. Cumae glüht um die Hälfte größer am Himmel dieser Welt als Sol an dem der Erde und verströmt fast die doppelte Menge Energie. Diese Wellenlängen sind arm an Ultraviolett, aber reich an Infrarot. Das Sonnenlicht ist orangerot gefärbt, nicht direkt Schmelzofenfarbe, auch wenn es sich so anfühlt.

Ich fragte Brenner, warum die Kolonisten nicht höher hinaufzogen. Über dem Horizont ragten Gipfel empor. Der Schnee dort leuchtete noch weißer vor dem violetten Himmel, doppelt schön vor dem graugrünen Buschland, das sich rings um uns erstreckte, murmelnd und harzig unter trockenem Wind. Ich sah, daß die Baumgrenze fast bis zu den Gipfel hinaufreichte.

„Nicht genug Luft", sagte er auf Englisch, mit einem schwachen amerikanischen Akzent, der sich selbst nach Generationen nicht ganz verlor. „Wir sind auf diesem Massiv schon so hoch, wie es geht."

„Aber — ach, ja", sagte ich. „Der Luftdruckgradient ist hier steiler als auf der Erde. Euer Planet hat einen um die Hälfte größeren Durchmesser, ein Drittel mehr Oberflächenschwerkraft."

„Und schon von Natur aus weniger Luft." Brenner räusperte sich. „Wir lassen das Tiefland sein, weil es zu heiß ist, nicht wegen der dichten Atmosphäre. Vergessen Sie nicht, das ist ein metallarmer Globus, mit niedriger Dichte, trotz seiner Masse. Wegen der langsamen Rotation besitzt er auch kein nennenswertes Magnetfeld. Cumae mag nicht der lebhafteste Stern im Universum sein, aber er spuckt genug Protonen und Photonen und anderes Zeug, um eine Atmosphäre auszudünnen, die sich nicht hinter einem Magnetfeld schützen kann. Wir haben aus demselben Grund auch einen ziemlich starken Strahlungshintergrund. Das schafft medizinische Probleme, und in höheren Lagen würde sich das noch verschlimmern. Außerdem braucht man viel Sauerstoff, wenn man 0,3 G zusätzlich bewältigen und körperlich arbeiten muß. Kurz gesagt, wir können die Höhen nicht kolonisieren." Der Präsident von Sibylla grinste schwach. Er trug den üblichen Kilt mit Bluse und Stiefeln, auf dem grauen Kopf saß schief ein Tropenhelm, an der Hüfte hing die Machete. „Seid ihr gar nicht informiert worden?"

Ich beschloß, mich nicht auf die Würde zu stützen, die ich nicht besaß. In der weiten, grimmigen Landschaft kam ich mir einsamer vor als jemals unter den Sternen.

„Man hat uns mitgeteilt, was bekannt war", gab ich zurück. „Aber es war gleichzeitig zuviel für ein Gehirn und auch zu wenig — für eine ganze Welt. Und ihr seid fast zweihundert Jahre lang isoliert von uns gewesen. Nichts als ein dünner Laserkontakt, und die Überbrückung dauert ein Drittel jedes Jahrhunderts. Unsere Flotte hat natürlich noch länger gebraucht; die großen Schiffe sollen nicht über 1 G kommen, brauchen also ein Jahr, um Lichtgeschwindigkeit zu erreichen, und ein weiteres, um wieder abzubremsen. Und den ganzen Weg haben wir uns gefragt, ob wir bei unserer Ankunft feststellen würden, daß die Fremdwesen zurückgekommen waren — ob wir euch tot vorfinden und uns in einer Falle sehen würden. Unter den Umständen, Sir, mußten wir einiges von dem vergessen, was wir gelernt hatten."

„Ja, das sehe ich ein", sagte Brenner. „Um darauf zurückzukommen, warum wir dieses Teufelswiesen-Gebiet besiedelt haben — wir hatten nichts Besseres, und das meiste ist nicht so gut. Sibylla ist nicht die Erde und wird es nie sein."

„Aber ihr habt doch die Polargebiete kolonisiert, nicht? Die erste Forschungsexpedition schlug das vor, und nach meinen Informationen ..."

„Wir haben sie vor einiger Zeit aufgegeben. Der Luftdruck ist dort höher, die Strahlung etwas geringer, bei annehmbarer Durchschnittstemperatur. Aber das ist nur der Durchschnitt. Vergessen Sie nicht, die Rotationszeit ist auf zwei Drittel des Jahres beschränkt, weil wir der Sonne so nah sind. Fünfundsechzig Erdentage Licht sind erträglich, obwohl es am Abend für die Arbeit zu heiß wird. Wir können Feldfrüchte pflanzen, mit Lampen, die in der Nacht von fünfundsechzig Tagen mithelfen. Aber an den Polen, bei einer Achsenneigung von siebenunddreißig Grad, sind die Jahreszeiten viel zu extrem. Unsere Pflanzen von der Erde halten das auf die Dauer nicht aus. Wir haben weder die Industrie noch die Hilfsmittel, um im notwendigen Maßstab eine Treibhauskultur zu betreiben." Brenner hob die Schultern. „Wir haben schließlich aufgegeben und sind alle zum Äquator gezogen."

Ich begann langsam zu begreifen, wie Sibylla und seine Bewohner wirklich waren.

Vor zweihundert Jahren war man voller Hoffnung gewesen. Menschen, die zu einer leeren, unausgebeuteten Welt wollten, einer ganzen neuen Welt, um diesmal alles richtig zu machen. Sie wußten, daß es Strapazen, Gefahren, Fremdartigkeit auf einem Planeten geben würde, für den unsere Art Leben nicht eigentlich eingerichtet war. Aber es würde nichts geben, was die Menschen nicht auch anderswo kennengelernt und bewältigt hatten. Darüber hatten sich die Forscher vorher vergewissert.

Wirtschaftlichkeit war ein stärkeres Motiv als Anständigkeit, um Gewißheit zu erlangen. Das Direktorat befreit sich mit jeder Kolonie, die sie errichtet, von einem Teil des politischen Drucks, was aber zu Hause im Grunde keine Probleme löst; und die Kosten für die Entsendung der großen Raumschiffe sind unvorstellbar hoch. Nur die Nachricht eines direkten Angriffs rechtfertigte, daß die Kolonialflotte die Sibyllaner evakuieren sollte.

Die Investition war ungeheuer groß. Ihre Vorfahren kamen mit Werkzeug, Maschinen, chemischen Stoffen, Saatgut, Tierembryos im Tiefkühlschlaf, wissenschaftlichen Anlagen ... Grundmaterial. Mit der Ausdehnung der Bevölkerung würde man Fusionskraftwerke bauen, die eingeborenen Lebensformen in immer grö-

ßeren Gebieten durch terrestrische Arten ersetzen und endlich das Paradies schaffen. Den Lasermeldungen zufolge hatte man sich an den Plan gehalten. Es ging langsam, weil Sibylla ungewöhnlich feindselig war, aber es ging.

Und jetzt — die Gründe, warum man nicht wieder aufgebaut hatte, waren deutlich zu sehen. Die schmalen Raumschiffe, die am Himmel vor achtundsechzig Jahren erschienen waren, bombardierend, feuerspeiend, hatten die Kolonie ihres Fundaments beraubt. Zuviele Feldfrüchte waren zerstört, zuviele Leute umgekommen, zu wenige Hilfsmittel übriggeblieben. Ein ganzes Menschenleben lang konnten die Leute sich nur mit Mühe halten, ihre Wirtschaft im Maßstab des siebzehnten oder achtzehnten Jahrhunderts dahinschleppen, sich an die Hoffnung klammern, daß wir ihren Appell beantworten würden. Und die ganze Zeit über die Angst.

Ich sah Tom Brenner an. Bevor er geboren worden war, hatten die feindlichen Fremdwesen von Pol zu Pol Vernichtung gesät. Binnen Tagen — Erdentagen — war ihre Flotte wieder verschwunden. Jeden Augenblick mochte sie zurückkommen und sich nicht damit begnügen, seine Spielzeugstädte von der Landkarte zu blasen.

„Kommen Sie", sagte ich rauh. „Bringen wir es hinter uns."

Wir blieben nicht stehen, bis wir den Rand erreichten und in den hartgeschmolzenen schwarzen Krater blickten, wo Neu-Washington gestanden hatte. Außen ragten noch ein paar Gebäudeskelette empor, aber nur wenige, grotesk verbogen. Ich schätze, daß die Explosion fünfzig Megatonnen freigesetzt hatte.

Der Stern wurde zu einem Flugtaxi. Es sank herab, setzte auf, die stämmige Gestalt stieg aus. Ich fragte mich, wie er bezahlte. Man hatte mir erzählt, daß die Sibyllaner in einem militärischen Reservat interniert waren, während der Direktor und sein Kabinett darüber entschieden, was mit ihnen geschehen sollte. Nun, als d'Indre ein persönliches Gespräch mit dem Alten verlangt hatte, mochte der Oberst Mitleid empfunden und ihm ein paar Dolmark zugesteckt haben, damit er wie ein Bürger eintreffen konnte, nicht wie ein Frachtpaket.

Ich trat Brenner in den Weg.

„Guten Abend“, sagte ich.

Die Schatten warfen Gitter auf unsere Gesichter. Er beugte sich vor, um mich anzustarren. Die Zigarre fiel ihm aus dem Mund.

„Himmeldonnerwetter — Nick Simić!“ Er schüttelte verwirrt den Kopf. „Aber Sie, Ihr Schiff, Sie sind doch geblieben.“

„Ihre Kolonie war mit der Astronautik nicht mehr vertraut“, sagte ich, schärfer, als ich vorgehabt hatte; ich wollte ihm den Schock wirklich erträglicher machen. „Die Kolonialflotte beschleunigte mit 1 G. Bei einem Forschungsschiff wie der ‚Bering‘ gibt es aber nur ausgesuchte Profis, und die Motoren haben viel weniger Masse zu bewältigen. Wir spritzen uns voll mit Bravanol und kommen bis auf 10 G. Nach fünf oder sechs Wochen sind wir der Lichtgeschwindigkeit nah und können es uns leichter machen. Ich bin seit einem Jahr zu Hause."

„Dann sind Sie also — nicht lange auf Sibylla geblieben."

„Lange genug."

„Tja." Er richtete sich auf. „Eine Überraschung, junger Mann, wirklich eine Überraschung. Aber eine angenehme." Er streckte mir die Hand hin. Ich drückte sie. „Und wie geht es Ihren Kameraden?"

„Gut, danke, jedenfalls, seit ich sie zuletzt gesehen habe. Die ‚Bering' ist wieder unterwegs. Weitere Erforschung des Systems Delta Eridani. Der dritte Planet sieht vielversprechend aus, aber die Ökologie ist eigenartig, und . . ." Ich begriff, daß ich dahinschnatterte, um der Wahrheit auszuweichen. „Ich bin hier geblieben", sagte ich, „weil ich unsere Ermittlungen am Boden geleitet und unseren Bericht verfaßt habe. Bürger d'Indre wünschte mich als Berater bei Ihrer Ankunft."

„Es tut mir leid, wenn Sie unseretwegen nicht mitfliegen konnten."

„Egal. Ich habe Aussicht auf ein eigenes Kommando." Das stimmte, aber ich sagte es nur, um ihn ein wenig aufzuheitern. „Wie geht es Ihren Leuten?"

„Bis jetzt ganz gut." Brenner schien keinen Trost zu

brauchen, nachdem er seine Überraschung überwunden hatte. „Wir fragen uns natürlich, warum wir so isoliert werden, und bis wann."

„Das muß entschieden werden", sagte ich. „Was heute abend geschieht, könnte maßgeblich sein."

„Weiß die Öffentlichkeit nicht, daß wir hier sind?"

„Nichts, außer Gerüchten. Man muß ganz vorsichtig sein. Sie können sich nicht vorstellen, wie unruhig diese Milliarden sind. Die erste Nachricht — nichtmenschliche Raumfahrzeuge greifen Sibylla an — wurde mit äußerster Behutsamheit verbreitet, und auch nur deshalb, weil man sie nicht unterdrücken konnte. Wenn man bedenkt, daß sie mit Überlichtgeschwindigkeit zu fliegen schienen und die Schwerkraft offenbar zu kontrollieren vermochten, wie Sie sagten, dazu Ihre Fotos — eine Panik kann zu Unruhen und Aufständen führen. Auch die Wut."

„Hm. Ja. Also, wollen wir? — Ach, hätte ich fast vergessen." Er bückte sich und hob seine Zigarre auf. „Ein Soldat hat mir ein paar geschenkt. Schmeckt gut. Auf unserem Planeten gab es ja keinen Tabak, weil wir kaum genug Nahrung hergebracht haben."

Meine Kehle schnürte sich zusammen.

„Weg mit dem Ding!" zischte ich. „Werfen Sie es weg! Begreifen Sie nicht, zu wem wir gehen? Jules d'Indre, Minister für Extraterrestrische Angelegenheiten. Was er vorschlägt, mit Ihnen zu machen, wird der

Direktor fast sicher beschließen. Ich warne Sie, Brenner, seien Sie vorsichtig!"

Er sah mich eine Weile an, bevor er gehorchte. Seine nächsten Worte überraschten mich völlig.

„Ist das Mädchen, das bei Ihnen war, Laurice MacIver, mit der ‚Bering' geflogen?"

„Wie? Ja."

„Sehr schade." Er legte mir die Hand auf die Schulter. „Ich glaube, Sie wollen uns helfen, so wie Sie es verstehen. Aber sie hatte etwas Besonderes. Kennen Sie den Ausdruck simpático?"

Ich nickte.

„Das ist sie", sagte ich.

Wir fuhren herum, sie und ich, nachdem man ein Schwebekissenfahrzeug heruntergebracht und montiert hatte. Ich wollte mit möglichst vielen Sibyllanern sprechen, bevor sie abflogen. Keiner von den Lebenden hatte den Angriff miterlebt, aber die älteren mochten sich an das erinnern, was die Generation vor ihnen gesagt hatte, und vielleicht Bemerkenswertes an den zerbombten Städten entdeckt haben, bevor Demontage und Erosion die Spuren verwischt hatten.

Viel Glück hatten wir nicht. Der Untergang der Sonne behinderte uns. Cumae hing tief und sank tiefer, ein entzündetes Licht gebend, bei dem man auf den Hochebenen schlecht sehen konnte. Aber die Luft war so abgekühlt, daß im Freien gearbeitet werden konnte, und alle Menschen auf den armseligen Farmen rackerten sich ab, bis sie umfielen.

Gewiß, das war für sie die letzte Runde. Sie kehrten zurück zur Erde. Aber man kann nicht über Nacht zehntausend Menschen in Raumschiffe verladen. Die Flotte vermochte kaum die Rationen zu lagern, die sie auf der Reise brauchen würden. In der Zwischenzeit mußten sie sich selbst ernähren; Reserven hatten sie keine.

„Ein Leben wie auf der Erde ist hier nur ganz mühsam möglich", sagte Laurie unterwegs. „Nicht nur sind die hiesigen Arten für uns giftig, sie vergiften auch den Boden für unsere Pflanzen. Lange Nächte, abnorme Jahreszeiten, Mangel an mehreren Spurenelementen, UV-Armut, verbunden mit Röntgen- und Partikelstrahlung, Einfluß der hohen Schwerkraft auf Flüssigkeitsgleichgewichte, sogar das geologische Ungleichgewicht. In der Anfangszeit sind teilwesie die besten Bergwerke eingestürzt, wußten Sie das? — und man konnte sie nie mehr benützen. Eine harte Welt für Menschen."

„Das sind andere auch", sagte ich gepreßt. „Es gibt hier nichts, was die Menschen nicht schon vorgefunden und bewältigt hätten. Die Tierwelt auf Zion ist schlimmer, die Schwerkraft auf Atlas höher, auf Asgard ist eine Eiszeit im Gange, Luzifer ist heißer und leidet unter stärkerer Strahlung ..."

Sie wandte sich mir zu.

„Aber keiner von diesen Planeten ist angegriffen worden", sagte sie.

„Noch nicht", meinte ich. „Jedenfalls wissen wir noch nichts."

Wir hätten nicht davon sprechen sollen. Der Gedanke verfolgte uns, seitdem wir von unserer letzten Reise zurückgekommen waren und davon erfahren hatten. Er beschäftigte alle Menschen auf der Erde. Vielleicht schon, seitdem der Mensch das erstemal das Sonnensystem verlassen hatte. Wer konnte bezweifeln, daß in den Weiten der Galaxis auch andere Menschen herumstreifen, mit längeren Beinen und schärferen Fangzähnen?

Warum hatten sie zugeschlagen? Wie? Wo noch? Wer ist der Nächste?

Die Sibyllaner gaben sich alle Mühe, Lauries und meine Fragen zu beantworten. Aber nicht nur war ihre Zeit äußerst knapp, nicht nur waren sie vor Erschöpfung kaum zum Denken in der Lage, ihre Informationen waren auch sehr dürftig.

Die Angreifer hatten nicht überall zugleich zuschlagen können. Josiah Brenner, Toms Vater, seinerzeit Präsident, hatte die meisten Bevölkerungszentren evakuieren können, bevor sie zu Feuerbällen wurden. Eine Mehrheit lebte schon auf isolierten Farmen, weil man so viele Hektar Boden brauchte, um eine einzige Person zu ernähren. Aus demselben Grund zerstreute sich dann die Stadtbevölkerung über den ganzen bewohnbaren Planeten.

„Schwere Verluste", hatten die Chronisten vermerkt und viele Berichte über furchtbare Leiden und tapferes Verhalten geschrieben. Ihre Zahlen beruhten aber offenkundig auf Vermutungen und enthielten viele Widersprüche. Ich glaubte schließlich, eine bessere Schätzung abgeben zu können. Die Bevölkerungsziffer nach dem ursprünglichen Kolonisationsplan sollte in diesem Jahrzehnt zweihunderttausend betragen. Die tatsächliche Zahl betrug ein Zwanzigstel davon.

Nach einiger Zeit gaben Laurie und ich auf. Wir konnten Nützlicheres in Jimstown leisten und den Exodus vorbereiten helfen. Nach dem Abflug der Flotte sollte unsere Besatzung zurückbleiben und nach weiteren Spuren suchen. Außerdem fuhr ich nicht gern durch die Dunkelheit.

Wir mußten es aber. An einer Felsmauer wurde unser Wagen von einem Gesteinsbrocken getroffen, als die Planetenkruste bebte und eine Steinlawine auslöste. Wir brauchten Stunden, um den Schaden zu beheben.

Cumae versank hinter den Bergen. Die Wolken lösten sich auf, und das Dunkel wurde undurchdringlicher. Im Licht unserer Scheinwerfer sahen wir windgezauste Büsche und gelegentlich dreiäugige Tiere, die zwischen ihnen umherschlichen. Der Wind wurde stärker, warf sich gegen das Fahrzeug, ließ die Wände erzittern und klingen, bis der Lärm unsere Schädel erfüllte. Dann kam der Regen, ein Wolkenbruch, wie es ihn auf der Erde nie gegeben hatte, vermischt mit Hagelkörnern von Faustgröße.

„Wir müssen Unterschlupf suchen!" schrie ich. Laurie konnte mich bei dem Heulen und Prasseln kaum hören. „Höher hinauf — sonst Wildbäche —" Blitze blendeten mich; der ganze Himmel erglühte immer wieder, der Donner packte mich und schüttelte mich durch. Ich beugte mich über die Landkarte, den Kreiselnavigator, ja, diese Richtung, eine Farm ...

Auf Rädern hätten wir es nicht geschafft. Das Luftkissen trug uns über Schlammrutschungen, Sturzbäche, plattgewalzte Felder und zerfetzte Obstgärten. Es bewahrte uns mit Mühe davor, vom Orkan in den angeschwollenen Fluß geschleudert zu werden, der einmal ein Tal gewesen war. Ich weiß nicht, wie lange es dauerte, bis wir das Haus erreichten.

Das Gebäude hielt stand. Wie die meisten Bauten auf Sibylla war es eine Festung, Felsmauern, Fensterschlitze mit Sturmjalousien, massive Türen, das Dach kabelverankert. Die Nebengebäude waren zerstört, weil man sie nicht so massiv hatte bauen können, Vieh und Ernte zweifellos verloren. Aber das Haus stand.

Ich erreichte die windabgewandte Seite, warf zwei Bodenanker aus, schaltete den Autopiloten auf Warten, und öffnete die Luke. Laurie rutschte ab, der Wind packte sie, sie stürzte beinahe bergab in den Tod. Ich bekam sie jedoch zu fassen, wurde mit in den Schlamm gerissen, konnte mich aber noch halten. Ge-

meinsam kämpften wir uns durch den Sturm zum Haus. Die Tür war von innen verriegelt. Unser Hämmern ging im Getöse unter. Bevor uns der Hagel bewußtlos schlug, fielen mir Sturmtüren ein. Wir fanden eine an der Südseite, eine Art Luftschleuse, die gefahrlos Flüchtlinge einlassen konnte. Trotzdem hatte ich große Mühe, die Außentür wieder zu schließen und zu verriegeln, bevor wir die innere öffneten.

Wir stolperten hindurch, in ein Haus, das für Sibylla typisch war. Ein Raum diente für Kochen, Essen, Schlafen, Handarbeiten, alles. Wandschirme boten eine Art Abteilung, aber hier standen sie unbenützt an den rußigen Wänden. Ein Ziegelofen verbreitete Wärme, aber die einzelne Laterne flackerte, und in den Ecken regten sich dämonenhafte Schatten.

Ein Mann und seine Frau saßen auf einer Bank vor einer Wiege, die er selbst gemacht haben mußte. Sie hatte das Gesicht an seine Brust gepreßt und weinte verzweifelt.

Sie bemerkten uns nicht gleich. Dann ließ er sie los und stand auf, ein stämmiger Mann mit graugeflecktem Bart, sauber gekleidet, aber mit vielen Flicken. Sie blieb sitzen und starrte uns an.

Wind, Regen, Donner peitschten die festen Mauern. Ich hörte den Mann langsam sagen: „Ihr seid von der Erde.“

„Ja.“ Wir stellten uns vor. Er gab uns zerstreut die Hand und murmelte seinen Namen so leise, daß ich ihn nicht verstand.

„Ihr könnt hierbleiben, natürlich“, fügte er hinzu. „Wir haben Essen im Schrank, bis der Sturm vergeht. Danach ist Jimstown zu Fuß zu erreichen.“

„Wir haben sogar einen Wagen“, sagte ich mit gezwungenem Lächeln.

Laurie trat zu der Frau.

„Nicht weinen, bitte“, murmelte sie. „Ich weiß, Ihre Farm ist vernichtet. Aber Sie gehen ohnehin bald fort, und wir sorgen dafür, daß man sich um Sie kümmert, um Sie und Ihre ganze Fam ... Oh!“ Sie verstummte.

Die Frau war nicht schwanger. Als ich mich vorbeugte, sah ich, daß auch die Wiege leer war.

„Ich habe sie gegen Sonnenuntergang begraben“, sagte der Mann und sah an mir vorbei. „Ein kleines Mädchen. Sie hat ein paar Wochen gelebt. Wir hofften — Und jetzt muß der Regen sie hochgespült haben. Ich dachte, Sibylla läßt sie wenigstens schlafen. Wir haben ihr eine Puppe mitgegeben, damit sie nicht einsam ist, wenn wir fort sind. Aber alles ist jetzt verweht.“

„Es tut mir leid“, sagte ich dumpf. „Vielleicht — später —“ Ich sah, wie Laurie heftig den Kopf schüttelte. „Es ist schrecklich.“

Laurie setzte sich zu der Frau und versuchte sie zu beruhigen.

Auf dem Heimweg erzählte sie mir, was ihr anvertraut worden war, in der Hoffnung, es werde meinen Bericht beeinflussen. Es war das einzige Kind gewesen, das sie gehabt hatten, nach fünf Fehlgeburten. Die Geburt war schwer gewesen, und der Arzt hielt keine weitere mehr für möglich.

Ich sagte, das sei keine Überraschung. An der Wiege

stehend, hatte ich an die wenigen Kinder überall sonst und an die vielen Gräber gedacht. Und auf einmal, wie einen lähmenden Schlag in die Magengrube, verzweifelt fluchend, daß ich mich irren mußte, sah ich das Gesicht des fremden Feindes.

Jules d'Indre saß an einem Schreibtisch, ein verwelkter, penibel gekleideter Mann, dem Achtung zu bezeigen ratsam war. Er nickte kurz, als Brenner und ich hereinkamen.

„Setzen Sie sich, Bürger", sagte er befehlend.

Ich ließ mich auf die Kante eines Stuhls nieder. Mein Puls flatterte, meine Hände waren feucht. Brenner lehnte sich zurück, begegnete meinem Blick und lächelte schwach.

„Wie geht es Ihnen, Sir?" sagte er.

„Vergeuden wir keine Worte", sagte d'Indre. „Vielleicht ist Ihnen nicht unbekannt, wie ungewöhnlich eine physische Konfrontation geschäftlicher Natur auf der Erde ist. Normalerweise würde ich eine Videofonschaltung benutzen, und das während der Dienststunden. Können Sie sich denken, weshalb ich mich anders entschieden habe?"

„Zwanglosigkeit", sagte Brenner. „Keine Aufzeichnungen, keine Neugierigen, keine Festlegung. Ist mir recht. Wir haben auf Sibylla altmodisch gelebt. Nicht, daß wir das gewollt hätten, verstehen Sie." Sein Lächeln verschwand. „Es hat uns aber auch altmodische Ideen eingegeben, etwa über die Menschenrechte."

„Rechte sind verwirkt, wenn man eine Straftat begeht", sagte d'Indre mit dürrer Stimme.

„Wer hat was getan und wo mit wem?"

„Die Kolonialflotte ist fast siebzig Jahre mit einer nutzlosen Mission befaßt gewesen. Milliarden Dolmarks sind ausgegeben worden." D'Indre beugte sich vor. „Als erstes möchte ich wissen, Brenner, wieviele von dem Schwindel wußten."

Das wettergegerbte Gesicht Brenners suchte das meine.

„Was hat Sie veranlaßt, den Angriff als erfunden zu melden?" fragte Brenner ruhig, beinahe freundlich.

„Ich wollte es nicht", stieß ich hervor. „Ich habe — alles versucht — mein ganzes Team. Wir konnten nicht riskieren, daß die Erde unvorbereitet war, wenn wirklich die Gefahr bestand, daß es eine feindliche Flotte gab. Und ..." ich nahm wahr, daß ich die Hände ausstreckte — „wir wollten euch nicht wehtun!"

„Ich weiß", sagte er. „Aber mich interessiert etwas. Der Schwindel ist von ziemlich schlauen Leuten arrangiert worden. Mit der Zeit müssen die Spuren verwischt worden sein. Wie sind Sie dahintergekommen?"

„Ach — da gibt es eine ganze Menge", zwang ich mir ab. „Das genaue Studium gewisser Aufnahmen ergab unwahrscheinliche Perspektiven. Die Analyse von Kratermaterial führte zu Ergebnissen, die mit der Explosion stationärer Kraftwerke vereinbar waren, nicht mit der von Sprengköpfen. Aus den Gebeinen angeblicher Bombenopfer wurde erkennbar, daß sie Jahre vorher gestorben waren. Manche Tagebücher und Briefe, angeblich aus der Zeit unmittelbar nach dem Überfall, widersprechen einander mehr als plausibel, wenn man symbolische Logik anwendet. Ich könnte Weiteres aufzählen, aber das steht alles im Bericht." Ich befeuchtete die Lippen. „Sir", sagte ich zu d'Indre, „unser Team hat diskutiert, ob wir die Tatsachen unterdrücken sollten. Wir entschieden, daß wir das der Erde nicht antun konnten. Aber Sie sollten wissen, daß wir es uns ernsthaft überlegt haben. So leid haben uns diese Leute getan."

„Sie haben meine Frage nicht beantwortet, Brenner."

„Wie?" Der Sibyllaner hustete. „Wieviele von der Verschwörung gewußt haben? Nur einige. Leute in Schlüsselstellungen, die mein Vater angeworben hat. Heute sind es noch weniger. Die kleinste notwendige Zahl, um alles zu arrangieren, daß niemand Verdacht schöpfte, der nicht beteiligt war."

„Das muß stimmen, Sir", entfuhr es mir. „Zehntausend gewöhnliche Sterbliche können weder ein Geheimnis bewahren noch ständig schauspielern."

„Naheliegend. Wie haben Sie, oder vielmehr Ihre Vorgänger, vermieden, die eigene Bevölkerung zu massakrieren?"

„Nun, alle dankten ihrem Glück, daß sie nicht in einem Zielgebiet gewesen oder rechtzeitig evakuiert worden waren", sagte Brenner. „Man hörte von Verlusten, aber die hatte es immer anderswo gegeben, wo niemand wohnte, den man kannte. Nachprüfen konnte man das nicht. Sibylla hat nie über globale elektronische Kommunikation oder schnelle Transportmittel verfügt. Was es gab — ein paar Zeitungen — ging unter, als die Städte zerstört wurden. Es dauerte sogar eine ganze Weile, wieder einen regulären Postdienst einzuführen. Aber einfach war das Ganze nicht, wie mir mein Vater erklärte. Es hat aber geklappt. Später wurden historische Berichte und Chroniken und dergleichen geschrieben, und wer hatte Anlaß, sie zu bezweifeln? Man glaubte wirklich, daß der Bevölkerungsverlust in der Hauptsache, wenn nicht ganz, auf den Angriff und die Zeit danach zurückzuführen war. Ich versichere Ihnen, Sir, fast alle von uns glauben ehrlich an den fremden Feind." Er sah d'Indre ins Gesicht. „Tun Sie mit mir und meinen Mitarbeitern, was Sie wollen", sagte er. „Wir waren darauf vorbereitet, wenn die Wahrheit an den Tag kommen sollte. Aber Sie können nicht zehntausend Menschen bestrafen, die ebenfalls beschwindelt worden sind."

„Mutmaßlich wird der Direktor das nicht tun wollen", sagte d'Indre. „Trotzdem — das Problem, sie zu absorbieren, so daß sie auf dieser überfüllten Welt vernünftig leben können, mag durchaus unlösbar sein. Und Einzelpersonen werden möglicherweise Gewalttaten durch den Pöbel ausgesetzt sein. Politisch ist es unmöglich, sie auf einen anderen Planeten zu schikken, wenn so viele andere darauf warten. Haben die Verschwörer das vorausgesehen?“

„Ja“, sagte Brenner. Er richtete sich auf. „Aber wir hatten einfach keine andere Wahl. Wir mußten weg von Sibylla. Wir — die Gruppe meines Vaters — glaubte nicht, daß die Erde uns holen würde, nur weil wir langsam zugrunde gingen. Unsere Bitten um Hilfe, nur ein wenig Hilfe, waren zu oft abgelehnt worden. ‚Zu teuer‘, hieß es. ‚Mit den gleichen Problemen wird man anderswo auch fertig. Warum ihr nicht?‘ Teuer!“ zischte er. „Um ganz offen zu sein, Sir, auf der Grundlage dessen, was ich weiß, hatte ich es gewissen Beamten zugetraut, daß sie eingehende Signale von einer Kolonie, die zu senden aufgehört hat, gefälscht hätten.“

Zum erstenmal sah ich d'Indre sich verfärben. Der Bleistift zwischen seinen Fingern zerbrach. Brenner schwieg ein paar Sekunden und sagte dann: „Überleben kennt kein Gesetz. Mein Vater und seine Leute haben einen falschen Feind geschaffen, damit ihre Enkelkinder vor dem wahren gerettet werden konnten.“

„Und der war?“ flüsterte d'Indre.

„Sibylla, natürlich“, sagte Brenner leise. „Die Welt, wo alles falsch war. Wo uns die Summe des Ganzen besiegt hat. Wie eine Frau, die bei hoher Schwerkraft nicht zu oft Fehlgeburten erlitt, nur bekam sie nie genug Ultraviolett oder Sauerstoff, aber zuviel harte Röntgenstrahlung bei schlechtem Essen und Überarbeitung, und schon das Tageslicht war nicht von der richtigen Farbe für leichtes Sehen ... Eine ganze Welt, die uns auf hundert verschiedenen Fronten bekämpfte und uns keine Pause gönnte. Das war der fremde Feind. Wir hätten uns kein Jahrhundert mehr gehalten."

In die Stille hinein sagte ich: „Die Erde kennt Vergleichbares. Die Wikinger etwa, um das Jahr 1000. Sie beherrschten England, Irland, die Normandie, Rußland. Sie zogen unbesiegbar durch halb Europa. Sie besiedelten Island, sie entdeckten Amerika. Aber sie konnten Grönland nicht halten. Sie besaßen dort eine Kolonie, die sich an die vierhundert Jahre hielt, immer isolierter, immer ärmer, kleiner, hungriger, schwächer. Am Ende ging sie zugrunde. Als Archäologen die Skelette der letzten Überlebenden ausgruben, waren alle deformiert und zwergwüchsig. Grönland hatte sie besiegt."

„Davon habe ich gelesen", sagte Brenner. „Am Ende haben die Menschen gewonnen. Eskimos, die dafür die richtige Technologie hatten. Später Europäer, mit der Macht der Maschinen. Wir, die Menschheit, werden Sibylla eines Tages auch unterwerfen, so oder so. Aber die erste Schlacht hat der Planet gewonnen. In solchen Fällen ordnet ein guter General den Rückzug an."

D'Indre hatte seine Haltung wiedergewonnen.

„Ich kenne die Geschichte auch", sagte er. „Der Bericht von Kapitän Simić war erschöpfend. Ich wollte meinen Daten aber noch eine persönliche Begegnung hinzufügen, bevor ich entscheide, zu welcher Erledigung des Falles ich raten soll."

Brenner verschränkte die Arme und wartete.

„Kapitän Simić hat bereits eine Lösung vorgeschlagen, die mir vertretbar erscheint", fuhr d'Indre fort. „Teile der Erde blieben leer, weil die Entwicklung wirtschaftlich gesehen unrentabel ist. Die tropischen Wüsten, zum Beispiel, die Sahara oder das Rub al-Chali auf der arabischen Halbinsel. Sand, Steine, Dürre, wenig Wasser oder keines, Hitze und grelles Licht, keine lohnenden Minerale. Sie mit Maschinen umzuwandeln, würde zuviel Kapital und ausgebildetes Personal erfordern. Theoretisch könnte die Aufgabe mit minimaler Roboter- und maximaler Handarbeit gelöst werden. Aber wer unter den Männern hat die nötige Einstellung und Strapazierfähigkeit? Es wird interessant sein, zu sehen, ob die Sibyllaner sie aufbringen." Für einen Augenblick brach die Menschlichkeit in ihm durch. „Es tut mir leid, vor allem für die Kinder", sagte er. „Unter den gegenwärtigen Umständen ist das aber das Beste, was Ihnen irgend jemand bieten kann."

Brenner blieb ruhig.

„So etwas habe ich erwartet", sagte er. „Der Kapitän hat auf dem Weg hierher ein paar Andeutungen fallenlassen. Und was ist mit uns, äh, Verschwörern?"

D'Indre breitete die Hände aus.

„Ihre Kolonie braucht Führer. Der Direktor wird sicher entscheiden, daß die Übernahme der Führung eine angemessene Buße darstellt."

Brenner schlug mit der Faust auf den Schreibtisch und lachte dröhnend.

„Menschenskind!" schrie er. „Nach allem, das wir durchgemacht haben, glauben Sie, daß eine hübsche, kleine Wüste auf der Erde noch ein Problem darstellt?"

Die Diskussion ging weiter. Ich nahm kaum daran teil. Meine Gedanken schweiften umher. Ich sagte nichts, um die Lösung nicht zu gefährden, die hier zurechtgebosselt wurde. Aber nimm diese Leute, dachte ich. Über Generationen hinweg hat eine Welt sie drangsaliert. Was jetzt die Lebenden mitgemacht hatten, bedeutete nichts dem gegenüber, was ihr Keimplasma erlitten hatte. Was würden sie, bei dieser natürlichen Zuchtwahl in der Vergangenheit, mit ihrer Zukunft anfangen können?

Zehntausend von ihnen unter Milliarden — ausgesetzt in den unwirtlichsten Gebieten der Erde — sollten einen Unterschied ausmachen? Unsinn.

Ich schob die Vorstellung von mir. Ich übernahm das Kommando meines Schiffes und ging auf Reisen. Nach fünfundachtzig Jahren kam ich heim und entdeckte, daß es kein Unsinn gewesen war.

ROBERT SILVERBERG

Eine Goldgrube für Zoologen

Aus fünfzigtausend Meilen Höhe sah die Situation vielversprechend aus. Es war ein mittelgroßer, braungrüner, einladend wirkender Planet ohne Anzeichen von Großstädten oder ähnlichen Komplikationen. Ein angenehmer Ort, genau das, was wir suchten, um eine ziemlich nutzlose Expedition noch zu retten.

Ich wandte mich Clyde Holdreth zu, der nachdenklich das Thermokreuz anstarrte.

„Also? Was meinen Sie?"

„Sieht gut aus. Temperatur ungefähr bei 22 Grad — warm, schön und viel Luft. Ich glaube, ein Versuch lohnt sich."

Lee Davison kam aus dem Frachtraum und roch wie üblich nach Getier. Er hatte einen der blauen Affen von Alpheraz auf dem Arm.

„Haben wir etwas gefunden, meine Herren?"

„Einen Planeten", sagte ich. „Wieviel Frachtraum ist noch da?"

„Keine Sorge. Wir haben Platz für noch einen ganzen Zoo, bis wir voll sind. Die Reise war nicht sehr ergiebig."

„Nein, das war sie nicht. Also? Fliegen wir hinunter und sehen uns um?"

„Natürlich", sagte Holdreth. „Wir können schließlich mit nur zwei blauen Affen und ein paar Ameisenfressern nicht zur Erde zurück."

„Ich bin auch für eine Landung", sagte Davison. „Und Sie?"

Ich nickte.

„Ich ergänze die Karten, und Sie machen es Ihren Tieren für die Verzögerung bequem."

Davison verschwand wieder im Frachtraum, während Holdreth im Logbuch kritzelte, die Koordinaten des Planeten notierte, die allgemeine Beschreibung, und so weiter. Abgesehen davon, daß wir für die zoologische Abteilung des Amtes für interstellare Angelegenheiten Exemplare sammeln, führen wir auch Vermessungsarbeiten durch, und der Planet unter uns war als unerforscht eingetragen.

Ich schaute hinaus auf die braun und grün gefleckte Kugel, die sich langsam drehte, und spürte ein Unbehagen, das mich immer überkam, wenn wir auf einer neuen, fremden Welt landeten. Ich unterdrückte das und begann eine Landebahn zu berechnen. Hinter mir schnatterten die blauen Affen wild, als Davison sie in ihre Beschleunigungsliegen schnallte, und darunter das tiefe, unmusikalische Trompeten der rigelanischen Ameisenfresser, die lärmend ihr Mißbehagen ausdrückten.

Der Planet war bewohnt. Wir hatten das Schiff noch keine volle Minute am Boden, als die örtliche Fauna sich zu versammeln begann. Wir standen am Fenster und starrten staunend hinaus.

„Das gehört zu den Dingen, von denen man träumt“, sagte Davison und strich sich nervös den kleinen Bart. „Seht euch das an! Das müssen tausend verschiedene Gattungen sein!“

„So etwas habe ich noch nie gesehen“, meinte Holdreth.

Ich berechnete, wieviel Frachtraum wir noch hatten, und wieviele der sich draußen drängenden Wesen wir würden mitnehmen können.

„Wie entscheiden wir, was wir nehmen und was wir zurücklassen?“

„Spielt das eine Rolle?“ fragte Holdreth fröhlich. „So etwas nennt man zuviel des Guten, würde ich sagen. Wir greifen uns einfach die bizarrsten Wesen und starten — den Rest heben wir uns für ein andermal auf. Nur schade, daß wir uns so lange auf Rigel herumgetrieben haben.“

„Immerhin haben wir die Ameisenfresser“, sagte Davison. Er hatte sie gefunden und war sehr stolz darauf.

Ich lächelte säuerlich.

„Ja. Da haben wir die Ameisenfresser her.“ Sie trompeteten in diesem Augenblick, laut und deutlich. „Wißt ihr, das sind Tiere, auf die ich verzichten könnte.“

„Falsche Einstellung“, sagte Holdreth. „Unfachmännisch.“

„Wer hat je behauptet, daß ich Zoologe bin? Ich bin schließlich nur Raumschiffpilot. Und es gefällt mir nicht, wie die Ameisenfresser schreien — und — riechen, also sehe ich keinen Grund, weshalb ich ..."

„Da, seht euch den an", sagte Davison plötzlich.

Ich schaute hinaus und sah ein neues Tier aus der dichten Vegetation im Hintergrund treten. Ich habe, seitdem ich bei der zoologischen Abteilung bin, schon sehr merkwürdige Wesen gesehen, aber das hier schoß den Vogel ab.

Es war etwa so groß wie eine Giraffe, ging auf langen, schwankenden Beinen und besaß am Ende eines lächerlich langen Halses einen winzigen Kopf. Nur hatte es sechs Beine und dazu noch ein Bündel sich windender, schlangenartiger Fühler, und seine Augen, große violette Kugeln, ragten an zwei dicken Stengeln heraus. Es mußte an die sieben Meter hoch sein. Es bewegte sich mit übertriebener Grazie durch den Schwarm von Tieren um unser Raumschiff, zwängte sich zum Fahrzeug durch und blickte ernsthaft zum Fenster herein. Ein violettes Auge betrachtete mich, das andere Davison. Seltsamerweise kam es mir so vor, als versuche es uns etwas zu sagen.

„Ziemlich groß, was?" sagte Davison schließlich.

„Ich wette, daß Sie eines mit heimnehmen möchten."

„Vielleicht paßt ein junges an Bord", meinte Davison. „Wenn wir eines finden." Er sah Holdreth an. „Wie steht es mit der Luftanalyse? Ich möchte hinaus und einsammeln. Mensch, sieht das Ding verrückt aus!“

Das Tier hatte seine Besichtigung offenbar abgeschlossen, denn es zog den Kopf zurück, zog seine Bei-

ne unter sich und ließ sich vor dem Schiff nieder. Ein kleines hundeähnliches Tier mit steifen Stacheln auf dem Rücken begann das große Tier anzubellen, aber es achtete nicht darauf. Die anderen Tiere, in allen Größen und Formen, drängten sich nach wie vor um das Schiff, offenbar von beträchtlicher Neugier über den Neuankömmling auf ihrer Welt erfüllt. Ich konnte sehen, daß Davison danach gierte, sie mit Sack und Pack auf die Erde mitzunehmen. Ich wußte, was in ihm vorging. Er träumte von den x-tausend Arten außerirdischen Tierlebens dort draußen und davon, jedem ein kleines Schildchen umzuhängen: „Soundso davisoni".

„Die Luft ist gut", erklärte Holdreth plötzlich, als er den Kopf von seinen Reagenzgläsern hob. „Holt eure Schmetterlingskescher, damit wir sehen, was wir einfangen können."

Der Planet hatte irgend etwas an sich, das mir nicht gefiel. Er war einfach zu schön, um wahr zu sein, und ich hatte schon vor langer Zeit gelernt, daß es das nicht gibt. Irgendwo ist immer ein Haken.

Nur schien er hier zu fehlen. Der Planet war eine Goldgrube für Zoologen, und Davison und Holdreth strahlten, bis zu den Hüften in entgegenkommenden Exemplaren.

„So etwas habe ich noch nie gesehen", sagte Davison mindestens zum fünfzigsten Mal, als er ein kleines, purpurrotes, eichhornähnliches Wesen aufhob und neugierig untersuchte. Das Eichhörnchen starrte Davison ebenso neugierig an.

„Davon nehmen wir welche“, sagte Davison. „Die gefallen mir.“

„Dann tragt sie rein“, sagte ich achselzuckend. Mir war gleichgültig, welche Exemplare sie mitnahmen, solange sie den Frachtraum schnell füllten und mich planmäßig starten ließen. Davison trug zwei von den Eichhörnchen ins Schiff.

Holdreth kam zu mir herüber. Er trug eine Art Hund mit facettierten Insektenaugen und glänzender Haut, ohne Fell.

„Wie ist der, Gus?“

„Schön“, sagte ich dumpf. „Wunderbar.“

Er stellte das Tier auf den Boden — es lief nicht weg, sondern saß da und lächelte uns an — und blickte mir ins Gesicht. Er fuhr mit der Hand durch seine schütteren Haare.

„Hören Sie mal, Gus, Sie sind den ganzen Tag schon so düster. Was ist los mit Ihnen?“

„Mir gefällt es hier nicht.“

„Warum? Einfach so?“

„Es ist zu einfach, Clyde. Viel zu einfach. Die Tiere laufen einfach zu uns hin, damit wir sie einsammeln können.“

„Und Sie sind an Gegenwehr gewöhnt, wie?“ meinte er lachend. „Sie sind nur wütend auf uns, weil wir es hier so leicht haben.“

„Wenn ich mir überlege, was für Mühe es gemacht

hat, nur die zwei scheußlichen, stinkenden Ameisenfresser zu fangen, und ..."

„Hören Sie auf, Gus. Wir verladen die Tiere schnell, wenn Sie wollen, aber das hier ist doch eine zoologische Goldgrube!"

Ich schüttelte den Kopf.

„Es gefällt mir nicht, Clyde. Ganz und gar nicht."

Holdreth lachte wieder und hob seinen Hund mit den Facettenaugen hoch.

„Sagen Sie, wissen Sie, wo ich davon einen zweiten Finde, Gus?"

„Gleich da drüben." Ich zeigte es ihm. „An dem Baum da. Die Zunge hängt ihm schon heraus. Er wartet nur darauf, mitgenommen zu werden."

Holdreth lächelte.

„Was sagt man dazu!" Er fing das Exemplar ein und trug die beiden ins Schiff.

Ich entfernte mich, um die Gegend zu besichtigen. Der Planet war für mich einfach zu unfaßbar, als daß ich ihn auf Anhieb akzeptieren konnte, ohne mich wenigstens genau umzusehen.

Zum einen existieren Tiere einfach nicht so — in großen, gemischten Mengen, glücklich zusammenlebend. Mir waren von jeder Art nur ein paar Exemplare aufgefallen, und es mußten mindestens fünfhundert verschiedene Arten sein, eine seltsamer als die andere. So geht es in der Natur nicht zu.

Zum anderen schienen sie alle miteinander gut auszukommen, auch wenn sie die inoffizielle Führerschaft durch das giraffenartige Wesen anerkannten. So geht es in der Natur auch nicht zu. Ich hatte noch keine Auseinandersetzung zwischen den Tieren beobachten können. Das sprach dafür, daß sie alle Pflanzenfresser waren, und das ergab ökologisch keinen Sinn.

Ich zuckte die Achseln und ging weiter.
Eine halbe Stunde später wußte ich ein bißchen mehr über die Geographie unserer Goldgrube. Wir befanden uns entweder auf einer riesigen Insel oder Halbinsel, weil ich in etwa zehn Meilen Entfernung ein gewaltiges Gewässer sehen konnte. Unsere Umgebung war ziemlich flach, abgesehen von einem größeren Hügel, von dem aus ich das Gelände überblicken konnte.

Nicht weit vom Schiff entfernt gab es einen dichten Urwald. Er breitete sich in der einen Richtung bis zum Wasser aus, endete in der anderen aber ganz plötzlich. Wir hatten das Schiff am Rand der Lichtung aufgesetzt. Anscheinend lebten die meisten Tiere im Urwald.

Auf der anderen Seite unserer Lichtung befand sich eine breite, niedrige Ebene, die in der Ferne in eine Wüste überzugehen schien; ich konnte eine wenig einladende Fläche nackten Sandes sehen, die in sonderbarem Gegensatz zu dem fruchtbaren Urwald auf meiner Linken stand. Daneben lag ein kleiner See. Es war die Art Gelände, die eine vielfältige Fauna anzog, da es in einem kleinen Bereich jede Art von Lebensraum zu geben schien.

Und die Fauna! Der Reichtum an fremdartigen Tieren versetzte mich immer wieder in Erstaunen. Es gab sie in allen Formen und Größen, Farben und Gerüchen, und das einzige, was sie alle gemeinsam hatten, war ihre Gutartigkeit. Im Laufe meiner Wanderung mußten an die hundert Tiere auf mich zumarschiert sein, mich betrachtet und wieder das Weite gesucht haben. Darunter ein halbes Dutzend Arten, die ich noch nicht gesehen hatte, sowie eine der intelligent wirkenden Giraffen mit den Augenstengeln und ein Hund ohne Fell. Wieder hatte ich das Gefühl, daß die Giraffe mir etwas mitteilen wollte.

Es gefiel mir nicht. Es gefiel mir ganz und gar nicht.

Ich kehrte zu unserer Lichtung zurück und sah Holdreth und Davison noch immer wild herumstürzen und so viele Tiere wie möglich in unseren Frachtraum stopfen.

„Wie geht es?" fragte ich.

„Der Frachtraum ist voll", sagte Davison. „Wir treffen jetzt unsere Ersatzauswahl." Ich sah ihn Holdreths zwei Nackthunde hinaustragen und statt dessen ein Paar achtbeiniger pinguinartiger Wesen aufheben, die sich ohne Gegenwehr wegschleppen ließen. Holdreth machte ein unglückliches Gesicht.

„Wozu wollen Sie denn die, Lee? Die hundeähnlichen Wesen scheinen doch viel interessanter zu sein, nicht?"

„Nein. Ich nehme lieber die beiden da mit. Seltsame

Tiere, was? Seht euch das Muskelgeflecht an, das . . .“

„Halt mal“, sagte ich. Ich starrte das Tier an. „Das ist merkwürdig. Es hat acht Beine.“

„Werden Sie Zoologe?“ fragte Holdreth belustigt.

„Nein — aber ich mache mir Gedanken. Warum hat der hier acht Beine, ein anderes Tier sechs, und manche nur vier?“

Sie sahen mich verständnislos an, mit der Verachtung des Fachmanns.

„Ich meine, in der Evolution hier müßte doch eine gewisse Logik bemerkbar sein, nicht? Auf der Erde haben wir vierbeiniges Leben entwickelt, auf Venus sind es vorwiegend sechs Beine. Aber haben Sie schon einmal ein solches Evolutionsdurcheinander gesehen wie hier?“

„Es gibt Seltsameres“, meinte Holdreth. „Die Symbioten auf Sirius Drei, die Wühler von Mizar — aber Sie haben recht, Gus. Das ist wirklich eine merkwürdige evolutionäre Streuung. Ich glaube, wir sollten hierbleiben und das gründlich untersuchen.“

Davisons Strahlen machte mir sofort klar, daß ich einen Fehler begangen hatte. Ich beschloß, es auf andere Weise zu versuchen.

„Der Meinung bin ich nicht“, sagte ich. „Ich finde, wir sollten mit dem starten, was wir haben, und später mit einer größeren Expedition zurückkommen.“

„Na, hören Sie, Gus, machen Sie sich nicht lächerlich!“ sagte Davison lachend. „Das ist die Chance meines Lebens — warum sollten wir die ganze zoologische Abteilung holen?“

Ich wollte ihnen nicht sagen, daß ich Angst davor hatte, noch länger hierzubleiben. Ich verschränkte die Arme.

„Lee, ich bin der Pilot, und ihr müßt auf mich hören. Der Plan sieht einen kurzen Aufenthalt hier vor, dann müssen wir starten. Kommen Sie mir nicht damit, ich machte mich lächerlich.“

„Aber das tun Sie, Mann! Sie stehen blindlings der wissenschaftlichen Forschung im Weg . . .“

„Hören Sie zu, Lee. Unsere Nahrung ist ziemlich knapp berechnet, damit ihr beide mehr Frachtraum habt. Und wir sind nur ein Sammlerteam. Es reicht nicht für längere Aufenthalte auf einem einzelnen Planeten. Wenn ihr am Ende nicht eure eigenen Tiere fressen wollt, schlage ich vor, daß wir weiterfliegen.“

Sie schwiegen eine kurze Zeit, dann sagte Holdreth: „Dagegen können wir wohl nicht an, Lee. Hören wir auf Gus und fliegen wir zurück. Wir haben später Zeit genug, uns hier gründlich umzusehen.“

„Aber — ach, meinetwegen“, sagte Davison widerstrebend. Er griff nach den achtbeinigen Pinguinen. „Ich trage die nur schnell hinein, dann können wir starten.“ Er sah mich seltsam an, so, als hätte ich etwas Kriminelles getan. Als er ins Schiff ging, rief ich seinen Namen.

„Hören Sie, Lee, ich will Sie nicht von hier wegreißen. Es geht einfach um die Nahrungsvorräte", log ich, um meinen unklaren Argwohn zu vertuschen.

„Ich weiß schon, Gus." Er drehte sich um und betrat das Schiff.

Ich stand da und dachte einen Augenblick an gar nichts, dann ging ich auch hinein, um die Startumlaufbahn zu berechnen.

Ich kam bis zum Treibstoffverbrauch, als mir etwas auffiel. Aus einem Steuerschrank hingen Kabel. Jemand hatte unseren Antriebsmechanismus demoliert, und das gründlich.

Ich starrte einen langen Augenblick betroffen auf den defekten Antrieb, dann drehte ich mich um und ging in den Frachtraum.

„Davison!"

„Was ist, Gus?"

„Kommen Sie mal her, ja?" Ein paar Minuten später tauchte er auf und sagte ungeduldig: „Was wollen Sie, Gus? Ich bin ..." Er riß den Mund auf. „Sehen Sie sich den Antrieb an!"

„Ja, tun Sie das!" fauchte ich. „Mir ist schlecht. Holen Sie sofort Holdreth herein."

Während er hinauslief, bemühte ich mich um den demolierten Mechanismus. Als ich die Tafel abgenommen hatte und hineinsehen konnte, wurde mir ein wenig wohler; der Antrieb war nicht so beschädigt, daß man ihn nicht reparieren konnte, wenngleich er übel zugerichtet worden war. Drei oder vier Tage harter Arbeit mit Schraubenzieher und Lötlampe würden genügen. Meine Wut wurde dadurch nicht geringer. Ich hörte Holdreth und Davison hinter mir hereinkommen und fuhr herum.

„Also, ihr Idioten. Wer von euch war das?“

Sie öffneten gleichzeitig den Mund, um zu protestieren. Ich hörte eine Weile zu, dann sagte ich: „Einer nach dem anderen!“

„Wenn Sie behaupten wollen, daß einer von uns bewußt das Schiff durch Sabotage beschädigt hat“, sagte Holdreth, „möchte ich Sie darauf hinweisen ...“

„Ich behaupte gar nichts. Aber es sieht für mich so aus, daß ihr beiden beschlossen habt, noch eine Weile hierzubleiben, und die einfachste Art, meine Zustimmung zu erhalten, war dann wohl, den Antrieb zu demolieren.“ Ich funkelte sie böse an. „Na, ich habe Neuigkeiten für euch. Ich kann das reparieren, und zwar in ein paar Tagen. Also — macht weiter! Geht eurer Arbeit nach, solange ihr könnt. Ich ...“

Davison legte die Hand auf meinen Arm.

„Gus“, sagte er leise, „wir sind es nicht gewesen. Beide nicht.“

Plötzlich verflog mein ganzer Zorn, verdrängt von tiefsitzender Angst. Ich konnte sehen, daß Davison es ernst meinte.

„Wenn Sie es nicht gewesen sind und Holdreth auch nicht, und ich war es bestimmt nicht — wer war es dann?“

Davison zuckte die Achseln.

„Vielleicht ist es einer von uns, der nicht weiß, daß

er es tut", meinte ich. „Vielleicht . . ." Ich verstummte. „Ach, das ist Unsinn. Geben Sie mir den Werkzeugkasten, ja?"

Sie kümmerten sich wieder um ihre Tiere, und ich machte mich an die Arbeit, wobei ich Überlegungen beiseite schob, die nichts mit der Reparatur zu tun hatten. Es ging mühsam, und bis zum Essen hatte ich das Nötigste geschafft. Meine Finger zitterten, und ich beschloß, erst am nächsten Tag weiterzumachen.

Ich schlief schlecht und hatte Alpträume, untermalt von den Trompetenstößen der Ameisenfresser und dem vereinzelten Quietschen, Schnarren, Trillern und Zischen der anderen Tiere im Frachtraum. Es mußte vier Uhr früh geworden sein, bis ich wirklich einschlief, und der Rest der Nacht verging schnell. Als ich zu mir kam, wurde ich geschüttelt und starrte in die blassen, angespannten Gesichter von Holdreth und Davison.

„Was ist denn?"

„Aufstehen, Gus!" sagte Holdreth drängend und schüttelte mich wieder.

Ich raffte mich mühsam auf.

„Ist doch das letzte, einen mitten aus dem Schlaf zu reißen." Ich wurde aus der Kabine getrieben, den Korridor hinunter zur Steuerkabine. Verschlafen folgte ich der Richtung von Holdreths Zeigefinger und wurde plötzlich hellwach.

Der Antrieb war wieder demoliert. Irgend jemand

oder irgend etwas hatte meine ganze Reparaturarbeit vom vergangenen Abend zunichte gemacht.

Wenn wir uns vorher gestritten hatten, hörte das jetzt auf. Von einem Spaß konnte keine Rede mehr sein; man konnte nicht mehr lachen, und wir arbeiteten wieder eng zusammen.

„Gehen wir das Ganze durch“, sagte Holdreth, der nervös hin- und herging. „Der Antrieb ist zweimal sabotiert worden. Keiner von uns weiß, wer es getan hat, und auf der bewußten Ebene ist jeder von uns überzeugt, daß er selbst es nicht getan hat.“

Er machte eine Pause. „Dann bleiben zwei Möglichkeiten. Entweder macht einer von uns das unbewußt, wie Gus gemeint hat, oder es ist ein Dritter. Beides ist gleichermaßen unerfreulich.“

„Wir können aber Wache halten“, warf ich ein. „Ich schlage vor: Erstens, einer von uns bleibt immer wach — das heißt, wir schlafen schichtweise, und einer bewacht den Antrieb, bis ich ihn repariert habe. Zweitens — wir entfernen alle Tiere aus dem Schiff.“

„Was?“

„Er hat recht“, sagte Davison. „Wir wissen nicht, was wir an Bord gebracht haben mögen. Sie scheinen nicht intelligent zu sein, aber Gewißheit haben wir nicht. Die Babygiraffe mit den violetten Augen zum Beispiel — angenommen, sie hypnotisiert uns, so daß wir den Antrieb selbst demolieren? Woher sollen wir das wissen?“

„Ach, aber ...“ Holdreth wollte protestieren, verstummte aber und zog die Brauen zusammen. „Die Möglichkeit werden wir wohl einräumen müssen", sagte er betroffen. „Wir leeren den Frachtraum, und Sie sehen, ob Sie den Antrieb reparieren können. Vielleicht fangen wir sie später alle wieder ein, wenn sonst nichts mehr passiert."

Wir einigten uns darauf, und Holdreth und Davison trieben die Tiere hinaus, während ich mich hartnäckig an die Arbeit machte. Bis zum Abend hatte ich soviel erreicht wie am Vortag.

Ich hielt die erste Wache an Bord des seltsam stillen Raumschiffs. Ich ging in der Kabine herum und kämpfte gegen die mächtige Versuchung an, einzuschlafen, konnte aber durchhalten, bis Holdreth mich ablöste.

Nur — als er auftauchte, stockte sein Atem, und er deutete auf den Antrieb. Er war ein drittes Mal auseinandergerissen worden.

Jetzt hatten wir keine Ausrede, keine Erklärung mehr. Die Expedition war zu einem Alptraum geworden.

Ich konnte nur einwenden, daß ich die ganze Schicht hindurch wachgeblieben war und niemanden und nichts am Antrieb gesehen hatte. Das war jedoch kaum eine befriedigende Erklärung, da das entweder mich als Saboteur auswies oder unterstellte, daß eine unsichtbare äußere Kraft den Antrieb immer wieder beschädigte. Beide Hypothesen ergaben keinen Sinn, jedenfalls nicht für mich.

Inzwischen waren wir vier Tage auf dem Planeten, und die Ernährung wurde zu einem Problem. Mein genau kalkulierter Flugplan sah eigentlich vor, daß wir schon seit zwei Tagen unterwegs zur Erde hätten sein sollen. Wir waren dem Abflug aber noch nicht näher als vor vier Tagen.

Die Tiere liefen weiterhin draußen herum, berührten das Schiff, untersuchten es, streichelten es fast, während die verdammten Pseudo-Giraffen uns seelenvoll betrachteten. Wir drei liefen herum wie Gespenster. Wir hatten Angst.

Irgend etwas hielt uns davon ab, den Antrieb zu reparieren.

Irgend etwas wollte nicht, daß wir den Planeten verließen.

In dieser Nacht hielten wir zu dritt Wache im Kontrollraum. Der Antrieb war ohnehin demoliert. Die Kabel waren an so vielen Stellen gelötet, daß der ganze Schrank funkelte, und ich wußte, daß nur noch ein paar Eingriffe nötig waren, damit man überhaupt nichts mehr ausrichten konnte.

In der nächsten Nacht hörte ich nicht auf, sondern lötete nach dem Essen weiter.

Am nächsten Morgen war es so, als hätte ich gar nichts getan.

„Ich gebe auf", sagte ich, als ich mir den Schaden ansah. „Ich sehe keinen Sinn darin, meine Nerven damit zu ruinieren, etwas beheben zu wollen, was sich nicht beheben läßt."

Holdreth nickte. Er war leichenblaß.

„Wir müssen einen neuen Weg finden."

„Ja. Einen neuen Weg."

Ich riß den Eßschrank auf und untersuchte unsere Vorräte. Selbst mit den synthetischen Dingen, mit denen wir die Tiere gefüttert hätten, wären sie nicht hinausgetrieben worden, waren wir sehr knapp. Wir hatten schon die Sicherheitsgrenze überschritten. Auf dem Heimweg würden wir hungern müssen — falls wir je heimfliegen konnten.

Ich kletterte hinaus und legte mich auf einen großen Stein. Einer der Nackthunde kam heran und beschnupperte mich. Davison trat in die Luke.

„Was machen Sie da, Gus?"

„Frische Luft schnappen. Ich habe es satt, im Schiff zu sein." Ich kraulte den Hund hinter den Ohren und schaute mich um.

Die Tiere hatten ihre Neugier uns gegenüber meist abgelegt und versammelten sich nicht mehr so wie früher. Sie liefen auf der ganzen Ebene herum und nagten an kleinen Ablagerungen eines weißen, teigigen Stoffes. Es regnete jede Nacht herab. Wir nannten es Manna. Alle Tiere schienen davon zu leben.

Ich verschränkte die Arme und legte mich zurück.

Am achten Tag waren wir schon ganz schön mager geworden. Ich versuchte nicht einmal mehr, das Schiff zu reparieren; der Hunger wirkte sich aus. Aber ich sah Davison mit einem Lötstrahl arbeiten.

„Was machen Sie da?"

„Ich repariere den Antrieb", sagte er. „Sie wollen nicht mehr, aber wir können nicht einfach herumsitzen, wissen Sie." Er hatte die Nase in meinem Handbuch und hob das Lötgerät.

„Meinetwegen", sagte ich achselzuckend. Mir war egal, was er tat. Mir ging es nur noch um die gähnende Leere in meinem Magen und um die dumpf erfaßte Tatsache, daß wir für immer hier festsaßen.

„Gus?"

„Ja."

„Ich glaube, es ist Zeit, daß ich Ihnen etwas sage. Seit vier Tagen esse ich das Manna. Es ist gut und nahrhaft."

„Sie essen das — Manna? Etwas, das auf einer fremden Welt wächst? Sind Sie verrückt?"

„Was sollen wir sonst tun? Verhungern?"

Ich lächelte mühsam und gab zu, daß er recht hatte.

„Warum holen Sie Holdreth nicht?" meinte Davison. „Geht hin und stopft euch mit Manna voll. Irgend etwas müßt ihr essen."

„Ja. Was habe ich schon zu verlieren?" Wie ein Roboter ging ich zu Holdreths Kabine.

„Clyde?" rief ich. „Clyde?"

Er saß an seinem Schreibtisch, am ganzen Körper

zitternd, und starrte auf das Blut, das aus seinen zerschnittenen Handgelenken rann.

„Clyde!"

Er protestierte nicht, als ich ihn zur Krankenkabine schleppte und ihm die Arme abband. Er starrte dumpf vor sich hin und schluchzte.

Ich schlug ihm ein paarmal ins Gesicht, und er kam zu sich. Er schüttelte verwirrt den Kopf, als wisse er nicht, wo er sei.

„Ich — ich . . ."

„Ruhig, Clyde. Alles ist in Ordnung."

„Nichts ist in Ordnung", sagte er tonlos. „Ich lebe noch. Warum haben Sie mich nicht sterben lassen? Warum haben Sie mich . . ."

Davison kam herein.

„Was ist passiert, Gus?"

„Clyde. Die Belastung war zu groß für ihn. Er wollte sich umbringen, aber jetzt geht es wieder, glaube ich. Besorgen Sie ihm etwas zu essen, ja?"

Bis zum Abend war Holdreth wieder auf dem Damm. Davison holte soviel Manna, wie er finden konnte, und wir feierten ein Fest.

„Wenn wir nur die Nerven hätten, ein paar Tiere zu töten", meinte Davison. „Dann könnten wir feiern — mit Steaks und allem!"

„Die Bakterien", sagte Holdreth leise. „Wir können es nicht riskieren."

„Ich weiß. Aber es ist ein Gedanke."

„Keine Gedanken mehr", sagte ich scharf. „Morgen früh fangen wir wieder mit dem Antrieb an. Vielleicht können wir, wenn wir etwas im Magen haben, wachbleiben und sehen, was hier vorgeht."

„Gut", sagte Holdreth lächelnd. „Ich kann es nicht erwarten, das Schiff zu verlassen und wieder normal zu leben. Ich kann es einfach nicht mehr erwarten!"

„Zuerst schlafen wir", sagte ich. „Morgen versuchen wir es wieder. Wir kommen nach Hause", erklärte ich mit einer Zuversicht, die ich nicht empfand.

Am nächsten Morgen stand ich früh auf und holte meinen Werkzeugkasten. Mein Kopf war klar, und ich versuchte die Teile ohne großes Glück zusammenzusetzen. Ich ging zur Kontrollkabine.

Und blieb stehen.

Und schaute zum Fenster hinaus.

Ich kehrte um und weckte Holdreth und Davison.

„Schaut mal hinaus", sagte ich heiser.

Sie schauten hinaus und rissen die Augen auf.

„Sieht genauso aus wie mein Haus", sagte Holdreth. „Mein Haus ist auf der Erde."

„Mit allem Komfort, möchte ich wetten." Ich ging nach vorn und schob mich durch die Luke. „Sehen wir es uns an."

Wir gingen darauf zu, während die Tiere um uns herumsprangen. Die große Giraffe kam heran und schüttelte ernsthaft den Kopf. Das Haus stand mitten in der Lichtung, klein, sauber und frisch gestrichen.

Ich begriff jetzt. In der Nacht hatten unsichtbare Hände es hingestellt. Hatten ein gemütliches, kleines Haus von der Erde zusammengesetzt und für uns vor dem Schiff hingestellt.

„Genau wie mein Haus", sagte Holdreth staunend.

„Klar", meinte ich. „Sie haben das Modell in Ihrem Gehirn gefunden, als sie dahinterkamen, daß wir nicht dauernd im Schiff leben können."

„Was heißt das?" fragten Holdreth und Davison gleichzeitig.

„Sind Sie noch nicht dahintergekommen?" Ich befeuchtete die Lippen und versuchte mich an den Gedanken zu gewöhnen, daß ich den Rest meines Lebens hier verbringen würde. „Ihr habt immer noch nicht begriffen, was das Haus soll?"

Sie schüttelten betroffen die Köpfe. Ich schaute mich um, vom Haus zu dem nutzlosen Schiff, zum Urwald, zur Ebene, zu dem kleinen Teich. Jetzt ergab alles einen Sinn.

„Sie wollen, daß wir uns wohlfühlen" sagte ich. „Sie wußten, daß wir auf dem Schiff nicht gediehen, deshalb haben sie uns etwas gebaut, das mehr nach Zuhause aussieht."

„Sie? Die Giraffen?"

„Die könnt ihr vergessen. Sie wollten uns warnen, aber jetzt ist es zu spät. Sie sind intelligente Wesen, aber Gefangene wie wir. Ich spreche von denen, die den Planeten hier bewohnen. Die Super-Wesen, die uns dazu bringen, daß wir unser eigenes Schiff demolieren, ohne es zu wissen, die irgendwo stehen und uns angaffen. Die diese Sammlung von Tieren aus der ganzen Galaxis zusammengeholt haben. Jetzt sind wir auch eingesammelt. Der ganze verdammte Planet ist nur ein Zoo — ein Zoo für Wesen, die uns so weit voraus sind, daß wir uns das gar nicht vorstellen können." Ich schaute hinauf zum schimmernden, blaugrünen Himmel, wo uns unsichtbare Gitterstäbe festzuhalten schienen, und sank gequält auf die Veranda unseres neuen Zuhauses. Ich hatte mich abgefunden. Es hatte keinen Zweck, sich gegen sie zu wehren. Und das Schild sah ich auch schon vor mir: „Menschen von der Erde, natürlicher Lebensraum Sol III".

Quellennachweis

P. Anderson, Sibylla. *Aus:* Anderson, Zwischen den Milchstraßen. Goldmann-Tb 0213. Mit freundlicher Genehmigung des Goldmann-Verlages, München.

I. Asimov, Gefangene des Alls. *Aus:* Asimov, Science-Fiction-Kriminalgeschichten. Heyne-Tb 3155. Mit freundlicher Genehmigung des Heyne-Verlages, München.

J. Blish, Keine Witze auf dem Mars. *Aus:* J. Blish, Irgendwann. Goldmann-Tb 179. Mit freundlicher Genehmigung des Goldmann-Verlages, München.

H. W. Franke, Calciumfresser. *Aus:* Franke, Der grüne Komet. Goldmann-Tb 23037. Mit freundlicher Genehmigung des Goldmann-Verlages, München.

R. Silverberg, Eine Goldgrube für Zoologen. *Aus:* Silverberg, Der neutrale Planet. Goldmann-Tb 23240. Mit freundlicher Genehmigung des Goldmann-Verlages, München.

W. Voltz, Ernesto, der Ballspieler. © 1964 by Author. Mit freundlicher Genehmigung des Autors.

J. Weigand, Sonnensegel. © 1978 by Author. Mit freundlicher Genehmigung des Autors.

Rolf Ulrici

Weltraumklipper

Geisterrakete

Ein Raumschiff, riesig wie ein Tanker, rast ins All hinaus: Professor Charivaris Geheimstation auf dem Mars soll von *Weltraumpiraten* befreit werden. Superhirn und seine Freunde sind die Besatzung dieser Rettungs-Rakete. Doch auch an Bord ist die Hölle los.

In der Reihe „Weltraumklipper" sind noch erschienen:

Kampf um den Mars
Gespenster aus dem All
Landung in der Falle